昭和十年代を繰り返すのか

——戦中派世代の体験証言——

鈴木正和

はじめに

「昭和十年代」から半世紀もすぎた平成十二年、現職総理大臣の「神の国」発言が飛び出した。東京都内のホテルで開催された「神道政治連盟」国会議員懇談会の席上、森首相は「日本の国、まさに天皇を中心とする神の国であるということを、国民の皆さんにしっかり承知していただく……」と発言したのである。

しかし、国民のあいだには、突きはなした冷笑はあっても、それ以上の危機感はない。天皇が神として政治権力に利用された昭和十年代の歴史が、暗黒の闇に包まれているからであろう。

今から半世紀むかしの昭和十二（一九三七）年、文部省は天皇神格化の教科書『国体《こくたい》の本義』を発行して全国の学校に配布したが、このなかには天皇が神であることが、これでもか、これでもかと書かれていた。この同じ年、日本は中国に対して全面的な戦争を仕掛け、この戦争は四年後に日米戦争へと拡大したすえ、昭和二十（一九四五）年に日本が降伏するまでつづいた。

このように、昭和十年代の政治権力は、天皇を神として利用することによって、あの無謀な戦争を押し進め、結局は何百万人にのぼる同胞と、その数倍に達する中国はじめアジア諸国民の無残な死という、大惨禍をもたらしたのであった。

森首相は「神の国」発言に対する釈明記者会見のなかで、「わたしは八歳で終戦を迎え、人生のほとんどを戦後の日本国憲法の下で育った」と釈明し、記者の質問に対しては、「わたしだって、天皇が神だなどとは思っていませんよ」とかわした。

森首相のこの論理によれば、戦前の明治二十二（一八八九）年制定の明治憲法（大日本帝国憲法）の下で育った世代は、天皇を神だと思っていたことになる。

たしかに明治憲法には、「第三条　天皇ハ神聖ニシテ侵スベカラズ」という規定がある。しかし、大正十一（一九二二）年生まれの戦中派世代のわたしの体験では、天皇が実際に絶対的な神とされていたのは、昭和十年代の約十年間そこそこのことであった。

それは、昭和十（一九三五）年、元東京帝国大学教授・美濃部達吉の「天皇は国家を形成する一機関である」という憲法学説（いわゆる天皇機関説）に対する排撃運動の先頭に立っていた陸軍が、「天皇が現人神《あらひとがみ》であることは疑いない（教育総監・真崎大将の全軍訓示）」と言い出し、つづいて昭和十二年には、文部省が「天皇は現御神《あきつみかみ》である」と宣言（『国体の本義』）し、翌年の昭和十三年、本格的な天皇神格化の現御神教育を学校（とくに中学校）において開始してから、昭和二十一年元旦に、昭和天皇が自ら天皇の神格性を否定する「人間宣言」詔書を発表するまでの約十年間である。現人神とは人間の姿をした神、現御神とは現に生きている神といったような意味で、現御神のほうが絶対的な神性を強調していた。

このように、文部省が本格的な天皇神格化の現御神教育を中学校において開始したのが昭和十三（一九三八）年であることに着目して、昭和十年代の青少年の世代を次のように分類することができる。

Ａ「戦前派世代」昭和十三年当時、すでに中学校を卒業していた世代
Ｂ「戦中派世代」昭和十三年当時、中学一年生から五年生だった世代
Ｃ「少国民世代」昭和十三年当時、まだ小学生だった世代

この三つの世代の天皇観は、それぞれ大いに異なる。

中学校をすでに卒業していたため現御神教育をうけなかった戦前派世代は、天皇＝神は建て前の問題として割り切って、仮面をかぶっていた。

神の概念がまだ白紙状態の小学生のときから、現御神教育で純粋培養された少国民世代には、天皇＝神の矛盾に対する抵抗感はすくなかったであろう。

天皇＝神の矛盾にいちばん強い抵抗を感じたのは、中学生のときに現御神に遭遇した戦中派世代であった。だが、その矛盾を言うことはできなかった。そんなことを言おうものなら刑法の不敬罪で厳罰にされる時代であった。当時の世の中では、不敬罪の恐怖は中学生でも知っていたから、みんな黙っていた。まさか本当に天皇を神と思っている者はいないだろうと思いながらも、ひょっ

としたらという疑心暗鬼から、みんなお互いに本音の天皇観について語り合うことはなかった。

昭和十年代は、言論・情報の暗黒時代だったのである。この時代、テレビはないし、ラジオも半官半民の日本放送協会だけだから、言論・情報の担い手は新聞と出版であるが、この二つに対して、政府はがんじがらめの規制を実施した。

その言論弾圧の法規は、おもなものだけでも、刑法、治安維持法、治安警察法、言論・出版・集会・結社等臨時取締法、軍機保護法、国家総動員法、国家保安法、新聞紙法、出版法などなどであった。

現人神としてまつり上げられ、畏敬的な秘密におおわれた昭和天皇に関する情報は皆無に等しく、一方、戦争に関する情報も、日中戦争では一方的な勝ち戦、日米戦争では、最初は勇壮な「軍艦マーチ」のメロディーによる大勝利、後半は悲壮な「海ゆかば」のメロディーによって美化された全員戦死の玉砕と特攻隊の壮烈な死を讃える報道があるだけで、無残な戦場の現実はいっさい報道されなかった。

戦後になってやっと戦争の実態を伝えることができるようになり、戦争の惨状を伝える体験記が出版されるようになった。しかし、それは戦争の結果として、日本人がうけた被害の詳細を伝える記録だけが多くて、どうしてあんな戦争になったのかという原因や経過の真相を伝える記録は、非常に少ないのが実状である。
このような精神的鎖国の状態がつづくならは、新世紀を迎えた今後のグローバルな国際社会において、日本が国際的国家の一員として評価されるのはむずかしいであろう。そんなことにならないように、あの無謀な時代を経験した世代が、おそまきながら各人の歴史体験を証言して、言論・情報の暗黒時代だった昭和十年代の歴史の真実を、二十一世紀の新しい日本に伝えなければならない、と思うのです。

紀元二〇〇一年一月

昭和十年代を繰り返すのか——目次

首都・東京の二・二六事件

昭和十一年（一九三六）二月二十六日の夜明け前、陸軍の青年将校たちが、完全武装の一千四百名の大部隊を六本木や赤坂の兵営から連れ出して、数人の政府要人を殺害したのち、四日間にわたり、日本の軍事・政治の中枢である永田町一帯を占拠する大事件が起こった。昭和十年代の日本に暗い影を落とすことになった二・二六事件である。

当時、東京の開成中学の一年生だったわたしは、JR山手線田端駅から日暮里駅にむかう鉄道線路に沿った、高台の道路に面する鉄道官舎（JR社宅）に住んでいた。

当時の山手線には西日暮里駅はないので、山手線を利用する開成中学の生徒は、田端駅で下車して、我が家の前の道路を歩いたり、遅れそうになって走ったりで、通学していた。

この年の東京は、例年になく雪が多く、二月二十三日には五十年ぶりの記録的な大雪が降り、交通機関のダイヤは大混乱した。

二十六日（水）の夜明け前にも雪が降り、そのために電車のダイヤがまた混乱しているのか、わが家の前を通る開成の生徒のすがたは一人も見られなかったが、わたしは平常どおりの時間に家を出た。

大雪に足をとられながらやっと学校につくと、教室はがらがらで四、五人の生徒が居るかどうかだった。

開成の生徒は、ほとんどが電車通学なので、電車が動きだせば来るだろうと、みなでしゃべっているところに先生がやってきて、「きょうは学校は休みだ」と言った。

先生はその理由を言わなかったが、みなは即座に「大雪のため電車が不通になったのだろう」と、軽く考えて何の疑念もなくそのまま下校した。

家に帰ると、ラジオ放送が止まっていた。

当時はもちろんテレビはなく、ラジオも民放がないからNHKだけだが、そのNHKが音楽や演芸も含めて、すべての放送を取りやめている。大雪だけではない、何か重大事件が起こっているらしい不気味な静寂だが、それが何なのか皆目わからなかった。

翌日の二十七日の朝は、いつものことながら寝坊したので、ラジオの朝のニュースをよく聞かなかったが、電車は運転しているらしかった。何よりの証拠に、大ぜいの開成の生徒が我が家の前を歩いていた。

登校すると、電車通学の生徒が、「省線（JR）の駅で、憲兵が緊張した顔で歩いているのを見た」と話していた。

この日は平常どおりの授業がおこなわれ、家に帰ってから新聞を見ると、二月二十六日午後八時十五分付けの陸軍省発表が載っていた。ということは、二十六日の晩には、ラジオの臨時ニュースがあったのかもしれないが、それは憶えていない。

陸軍省発表は次のとおりであった。

「本日午前五時ごろ、一部青年将校等は左記個所を襲撃せり。

首相官邸、岡田首相即死

斎藤内大臣私邸、内大臣即死

渡辺教育総監私邸、教育総監即死

牧野前内大臣宿舎、牧野伯爵不明

鈴木侍従長官邸、侍従長重傷

高橋大蔵大臣私邸、大蔵大臣負傷

東京朝日新聞社

これら青年将校等の決起《けっき》せる目的は、その趣意書によれば、内外重大危急の際、元老、重臣、財閥、軍閥、官僚、政党などの国体《こくたい》破壊の元凶を芟除《さんじょ》し、以て大義を正し国体を擁護開顕《ようごかいけん》せんとするにあり。

右に関し、在京部隊に非常警備の処置を講ぜしめたり」と、いうことで、事件発生を報ずる陸軍省の第一報は、いちおう「その趣意書によれば」とはしているが、これら青年将校等の決起（正義のために立ちあがる）した目的は、国体《こくたい》（天皇制国家）破壊の元凶《げんきょう》を芟除（除去）して、正義を実現し国体を擁護しようとするにある、として青年将校らを愛国者扱いにしているようでもあった。

陸軍省の発表は、これだけだった。これら青年将校らが、完全武装の千四百名の兵士を引きつれていることに関しては、ひと言も触れていなかった。これこそ重大かつ深刻な大問題なのにである。

だから、当時の人びとは、すぐに数年前にも愛国者扱いされた、五・一五事件の青年将校らを連想した。

五・一五事件とは、数人の海軍の青年将校が、やはり首相官邸を襲撃して、時の首相を射殺した個人単位のテロ事件であった。

だが、五・一五事件をすこし大がかりにした程度のテロ事件にしては、海軍省の発表が引っかかった。

海軍省発表は、トップ記事の陸軍省発表と同じ紙面の片隅に載っていた。

「二月二十六日午後八時四十五分、海軍省発表
一、第一艦隊、第二艦隊は各々東京湾及び大阪湾警備のため回航を命ぜられ、それぞれ二十七日入港の予定。
二、横須賀警備戦隊は東京湾警備を命ぜられ、二十六日午後芝浦に到着せり。」
海軍警備戦隊とは勇名をとどろかせている陸戦隊のことらしい。その陸戦隊が数人かせいぜい十数人のテロ事件のために東京の芝浦《しばうら》に出動するというのは、どうしてもヘンだった。

二十七日の夕刊には、東京に戒厳令が施行されたことが発表された。戒厳令とは、警察の手に負えない非常事態を、軍隊が引き受けることである。

だが、依然として、一部青年将校らの存在が明らかにされているだけで、完全武装の千四百名の軍隊の存在は隠されたままだから、ほとんどの東京市民は、これは何かおかしいと思いながらも、その正体はわからなかった。

二十八日(金)の東京も表面上は平静だった。電車は平常どおり運転し、学校の授業も平常どおりおこなわれた。

だが、学校の休み時間に、情報通の生徒がいろんな口《くち》コミ情報を流し、事件の正体がすこしずつ見えてきた。

「赤坂見附あたりには、剣付き鉄砲（小銃のさきに銃剣を付ける戦闘準備の態勢）を構えた大ぜいの兵隊が居るそうだ」とか、「麻布の三連隊（六本木に在った歩兵第三連隊の通称）が、反乱を起こしたそうだ」とか、新聞やラジオには発表されていない情報だった。

　これらの断片的な情報を総合して、この時点では、一部の部隊が反乱を起こしたらしいことは、だいたいみんな感づいてきた。しかしその規模等はわからなかった。

　授業が終って学校から帰る途中で、線路沿いの高台から崖下《がけ》を見ると、田端駅構内の貨物列車の引込線に停車している列車に、大ぜいの兵士が乗っているのが見えた。東京周辺の部隊が緊急に輸送されてきたらしい。

　嵐の前の静けさが過ぎて、二十九日（土）になると、事態は早朝から急変し、当初は愛国者扱いされていた青年将校らが、一転して天皇の命令に従わない逆賊になってきた。

　早朝より東京に入る列車は横浜、大宮、松戸、八王子、千葉で乗客を全部おろし、市内の電車とバスはすべて運転を休止した。東京市内の交通機関がすべてストップの異常な状態である。とうぜん、学校は休みとなった。

　戒厳司令部は、朝早くラジオで次のように発表した。

「二月二十六日朝決起せる部隊にたいしては…上奏の上（注・天皇に申しあげて）、勅を奉じ（注・

天皇の命令をいただき）現姿勢を撤し各所属に復帰すべき命令を昨日伝達したるところ、彼等はなおもこれを聴かず、ついに勅命（注・天皇の命令）に抗するに至れり。事すでにここに至る。ついにやむなく武力を以て事態の強行解決を図るに決せり。右に関し不幸兵火を交うる場合においても、その範囲は麹町区永田町付近の一小地域に限定せらるべきをもって、一般民衆はいたずらに流言蜚語にまどわさるる事なくつとめてその居所に安定せん事を希望す」

こうして武力による強行解決を決意した戒厳司令部は一方では、説得による解決を試みた。命令を聴こうとしない青年将校の頭ごしに、兵隊に直接よびかける非常手段である。これが「兵に告ぐ」のラジオ放送で、これを放送した中村アナウンサーの名調子はそのころ大評判になった。

「兵に告ぐ。勅命が発せられたのである。すでに天皇陛下の御命令が発せられたのである。お前たちは上官の命令を正しいものと信じて絶対服従して誠心誠意活動してきたのであろうが、すでに天皇陛下の御命令によって、お前たちは皆復帰せよと仰せられたのである。このうえお前たちがあくまでも抵抗したならば、これは勅命に反抗することになり、逆賊とならなければならない。今からでも決して遅くないから、直ちに抵抗をやめて軍旗の下に復帰するようにせよ」

この「今からでも決して遅くないから」の名文句は、この年の流行語になった。それくらいこのときの放送のインパクトは強かった。

急速に状勢が不利になった反乱軍に対して、圧倒的な兵力の政府軍は、飛行機から「下士官兵ニ告グ」というビラをまいた。

一、今カラデモ遅クナイカラ原隊へ帰レ

二、抵抗スル者ハ全部逆賊デアルカラ射殺スル

三、オ前達ノ父母兄弟ハ国賊トナルノデ皆泣イテオルゾ

二月二十九日　戒厳司令部

最後の「オ前達ノ父母兄弟ハ皆泣イテオルゾ」の効果は強力だった。

こうして、反乱軍の烙印《らくいん》を押されて内部崩壊を始めた千四百名の部隊は、一発の銃弾も撃つことなく、下士官以下の全員が昼すぎごろまでには投降し、将校たちも憲兵に逮捕されて、反乱は終わった。

反乱が終わると、事件発生時の陸軍省発表の一部が誤報だったことが判明した。即死と発表された岡田首相は助かり、同首相の義弟の陸軍大佐が身代わりとなって殺されていた。負傷と発表された高橋蔵相は本当は即死だったが、これは外国市場における円相場の暴落を心配した政府の要望による情報操作であった。

反乱崩壊の次の日か二、三日後かに、父がしばらくぶりに家に帰ってきた。鉄道省（現在の運輸

省とJR各社を合わせた行政機関）の東京鉄道局に勤めていた父は、鉄道関係の非常対策にあたっていたのである。

父は反乱軍が携行した、小銃か機関銃の弾薬箱に貼ってあったラベルを記念品として、わたしにくれた。反乱軍が占拠した永田町の鉄道大臣官邸に行ったときに取ってきたとのことだった。

反乱終結から四日目の三月四日、戒厳司令部は事件の経過を発表し、二月二十六日早朝、近衛《このえ》歩兵第三連隊、歩兵第一連隊、歩兵第三連隊、野戦重砲兵第七連隊などに属した将兵約千四百数十名が不法に出動したことを、はじめて公表した。

同日、反乱将校処罰のための非公開、弁護人なし、一審制の東京陸軍軍法会議設置に関する緊急勅令が公布施行された。


反乱が終わると、翌日の新聞から、岡田首相は助かって義弟の松尾予備陸軍大佐が身代わりに殺された状況が詳しく報じられはじめた。

なかでも、松尾大佐は、数年前の五・一五事件（時の首相が青年将校に官邸で射殺されたテロ事件）とおなじような非常事態が起きたときは、首相の身代わりになって死ぬつもりで首相官邸に同居していた、という逸話が美談として大きく報じられた。

しかし、そのほかの重臣が襲撃されたときの状況は、ほとんど何も新聞に載らなかった。戦前は厳重な報道管制の時代であり、とくに軍隊に都合の悪いことはいっさい報道されなかった。だから、口コミ情報や噂が多かった。なかには、いい加減なデマもあったが、本当のことも結構あった。どこまで信用していいのかの問題はあったが、政府や「軍当局」が大事な真相を隠すから、国民は口コミ情報を頼りにせざるをえなかったのである。

事件後すぐに、反乱軍による重臣たちの殺し方が極めて残忍で、八十二歳の高橋蔵相は軍刀で滅多《めった》切りにされ、七十九歳の斎藤内大臣は機関銃で蜂の巣にされた、という口コミ情報が広まった。わたしがこの口コミ情報を知ったのは、学校の柔道の時間であった。

当時の開成中学では、嘉納治五郎《かのうじごろう》の直弟子と称する初老の柔道教師が、柔道を教えていた。嘉納治五郎は、一八九三年から一九二〇（大正九）年まで二十七年間も東京高等師範学校（現・筑波大学）の校長をつとめ、大正デモクラシーの時代に「自他共栄」をモットーとする平和主義を提唱した教育者であるとともに、心身の力を最も有効に働かせる「精力善用」を柔道の基本原理とする、「講道館柔道」の創始者でもあった。

この講道館で嘉納治五郎から直接に柔道を教わったと称する、わたしたちの柔道教師は、授業のはじめに必ずといっていいほど、生徒を道場の畳に静座させて、「精力善用」の訓話をした。

それによると、「精力善用」は柔道の攻撃防御における基本原理であるとともに、柔道以外のあらゆる日常生活にも適用できる原理であるというのだった。

事件数日後の柔道の時間のことであった。柔道教師は、反乱軍は高橋蔵相を軍刀で滅多切りにし、斎藤内大臣を機関銃で蜂の巣にした、という噂が広まっているとして、次のように訓話した。

「どんな事情があって人を殺すのか知らないが、深夜にまったく防備のない寝巻き姿の老人を、軍刀で滅多切りにしたり、機関銃で蜂の巣にするなんていうのは、精力善用を知らないバカだ。あいくち（注・つばのない短刀）で水落《みぞお》ちの急所を一突《ひと》きすれば、人は殺せる。きみたちも上級生になると、鉄砲を撃ったり、銃剣術（注・銃剣で敵兵を刺殺する、日本陸軍が最も得意とした戦法）を習うが、人を殺すにも、作法《さほう》があることを忘れるな」

この「精力善用」に関する精神訓話は、題材がショッキングなだけに、中学一年生の頭にもしっかりと残った。

二・二六事件以後の日本は、日中戦争から日米戦争へと、あわただしい戦争の時代へ突入し、この大事件も真相が封印されたまま忘れられていたが、戦後になって、特高警察や憲兵の恐怖もなくなり、その真相が段々明らかになってきた。

二・二六事件発生とともに、東京鉄道局で非常事態の対策に当たっていた父が、反乱軍に占拠された永田町の鉄道大臣官邸明け渡しの折衝に赴いたときの話も、戦後になって、父から聞いた。東京鉄道局の代表一行が鉄道大臣官邸明け渡しの折衝におもむいたのは、命令を聞こうとしない青年将校（命令を下達できなかった連隊長にも責任がある）の頭ごしに、戒厳司令部が「兵に告ぐ」のラジオ放送で天皇の命令を兵士に直接伝達し、反乱軍が内部崩壊した二十九日の前日の二十八日のことであった。

じつは、「部隊は速やかに退去し原隊へ帰れ」という天皇の命令は、二十八日の早朝に出されていたのだった。旧日本軍では、何事もすべて天皇の命令で動いていたが、天皇が本当に命令を出したのは、昭和天皇が日本軍の最高司令官だった二十年間に二回だけだったといわれる。その第一回が、この二十八日の命令であった。戒厳司令部は、この正真正銘の天皇の命令をほかの名目だけの命令と区別するため特別に、「奉勅命令《ほうちょくめいれい》」あるいは「勅命《ちょくめい》」と称した。

戒厳司令部が戒厳令施行の諮問機関として設けた、戒厳会議の参議職員だった東京鉄道局の代表は、天皇の正真正銘の命令という奉勅命令が出たからには、鉄道大臣官邸を占拠している反乱軍も、退去するだろうと判断して、代表一行が明け渡し折衝にむかうことになった。

以下は父の話である。

官邸の前に立っていた反乱軍の衛兵（警戒兵）に案内されて玄関に入ると、中は廊下まで所せましと弾薬箱が置いてあった。応接間のソファーに腰をおろして辺《あた》りを見ると、じゅうたんは雪どけのぬかるみで泥だらけになった軍靴《ぐんか》に踏みにじられ、テーブルの上の灰皿は煙草の吸いがらであふれていた。

やがて、青年将校が急ぎ足で奥から出てきた。青ざめた顔に眼が血走り、ひどく興奮している様子だった。一同の前に立ちはだかった青年将校は、無言のまま肩をいからせ、腰の軍刀に手をかけてガチャン、ガチャンと鳴らした。

とにかく、対話のできる雰囲気ではない。一行は急いでその場を引きあげた。そのとき、父はどさくさにまぎれて、後日の証拠のため、廊下に置かれていた弾薬箱のラベルを数枚ひっぱがしてきた。

以上の話を父がしたのは、正月に親せきが我が家に集まったときで、お酒が入っていたせいか、若い将校に軍刀でおどかされたことを、父はすこしオーバーなぐらい、くやしがっていた。

なお反乱終結直後に、父がわたしに記念品としてくれた反乱軍の弾薬箱のラベルに関するいきさつも、このときの父の話ではじめて知った。

その後、食べるだけで精いっぱいの時代をへて、国民の生活にもだんだんゆとりが出はじめたころから、二・二六事件に関する資料が数多く発表されるようになった。その集大成が、事件から五十年たって発表された松本清張の『二・二六事件』(全三巻・文芸春秋社)であった。

そのなかには、父が話した二月二十八日の鉄道大臣官邸を取り巻く緊迫した情勢を裏づける資料もある。

その一は、反乱将校のリーダーの発言である。二月二十八日早朝、「奉勅命令」が戒厳司令官―師団長―連隊長と下達されたが、連隊長がこれを握りつぶしていたため、青年将校(中隊長)には下達されなかった。一方、私的ルートで奉勅命令の情報を入手した青年将校らは、混乱していきり立っていた。そのような緊迫した情勢のなかで、青年将校の数人のリーダーが対策を協議したときに、栗原中尉は、次のような意見を発言している。

「統帥系統を通じてもう一度お上《かみ》にお伺い申上げようではないか。奉勅命令が出るとか出ないとかいうが、一向にわけが分らん。お伺い申上げた上で、我々の進退を決しよう。もし死を賜るということにでもなれば、将校だけは自決しよう。自決するときには勅使の御差遣くらい仰ぐようにでもなれば幸せではないか」(松本清張『二・二六事件』)

統帥系統とは、天皇―軍司令官―師団長―連隊長―中隊長の命令系統であり、お上《かみ》とは天皇のことである。

その二は、深夜に靖国神社参拝や演習の名目で兵営を連れだされたうえ、青年将校に命令されるままに反乱事件にまきこまれ、それを運命としてあきらめている一兵士が、二十八日午後二時ごろ書いたとされる家族あての手紙である。そのなかで、兵士は、今晩あたりは鉄道大臣を殺すかもしれない、と書いている。生死の瀬戸ぎわで急いでいるから誤字が多い。

「拝啓　毎日雪か降りますか皆様には御変りありませんか、私は二月二十六日の五時に海軍将鈴木貫太郎を三連隊六中隊安藤一同ころした

それから東京市中毎日露営《ママ》てある

私は実包を五百発もつ《ママ》ている、ピストルは五〇発、いつ死す事をかくごしてゐるから家の事は心配しない、次男君は私が死したら家の事をたのむ、毎日東京は鉄砲のタマか《ママ》とふ《ママ》、二十八日は永田町幸楽にいるよ、こんばんあたりは鉄道大臣をころすかわからない、とにかく連隊にかへるのはいつだかわからない　兵士はまるで戦線のごとくである、とにかくいまになるぼ《ママ》君もわかる話である

家のものにもよろしくさようなら、だれにも話すな秘」　（松本清張『二・二六事件』）

軍事秘密の闇にとざされていた軍法会議の資料などもだんだん発表されるようになり、事件直後に開成中学の柔道教師から聞いた、高橋蔵相が軍刀で滅多切りにされ、斎藤内大臣が機関銃で蜂の巣にされたという口コミ情報もデマではなかったことが判明した。

『検察秘録二・二六事件』（角川書店）によると、高橋蔵相の傷は軍刀による第九胸椎部ほか四箇所の切創《せっそう》と、拳銃による左第五肋骨部ほか三箇所の貫通銃創であり、斎藤内大臣の傷は、拳銃および軽機関銃による全身四十七箇所の銃創であった。

この二・二六事件は、完全に過ぎ去った過去の事態だろうか？　このときから六十年後の平成十二年、現職総理大臣が、当時の青年将校や黒幕の将軍と同じ発想の政治家であることが判明した。六十年前の青年将校は、決起趣意書のなかで「決起の目的は、国体《こくたい》（天皇を中心とする国家体制）を擁護する（守る）にあり」と述べ、現代の総理大臣は、選挙運動で「日本の国体《こくたい》をどう守るのか」と演説する。二・二六事件のとき、青年将校を影であやつり、軍事クーデターが成功した場合に、総理大臣として出馬する野心があったとされる真崎陸軍大将は、事件前年の昭和十年、陸軍教育総監在任中に、「天皇が現人神であることは疑《うたが》いをいれず……」という訓示を全軍に示達し、六十年後の森首相は、「日本の国、まさに天皇を中心とする神の国であるということを、国民の皆さんにしっかり承知していただく」と発言している。

日中開戦と国民精神総動員

二・二六事件翌年の昭和十二（一九三七）年、中国の北京《ぺきん》市郊外で発生した小規模な武力衝突をきっかけとして、日本は中国に対する全面的な戦争を開始し、この戦争は、昭和二十（一九四五）年に、日本が無条件降伏して、戦争が終結するまで八年間の長きにわたってつづいた。

しかし、当時の日本政府は、この明白な日中戦争を「戦争」とは言わず、最初のころは「北支事変」、つづいて、「支那事変」と言いつづけた。

「支那」とは、本来は中国に対するふつうの呼び名だが、当時の日本では、これが侮べつ的な差別語として使われていた。「事変」とは、異常な出来事の意味である。したがって、「支那事変」とは、劣等国の支那でおこった異常な出来事という意味であった。

昭和十二年七月七日夜、北京《ぺきん》市郊外の蘆溝橋《ろこうきょう》付近で演習中の日本軍の一個大隊と中国軍の一個大隊のあいだに、十数発の実弾が飛びかい、「蘆溝橋事件」がおこった。

同月十一日、日本政府はただちに三個師団の中国派兵を決定するとともに、「蘆溝橋事件」を「北支《ほくし》事変」と命名する。蘆溝橋とは北京市郊外の永定河《えいていが》にかかる橋の名称だが、北支とは中国北部一帯の広大な地域のことである。「北支事変」という命名は、北京市郊外の小競り合いを広大な中国領土に拡大するものであった。北京市郊外で十数発の銃弾が飛びかってから、わずか四日後の早わざであった。

七月二十八日、日本軍、華北《かほく》（中国北部）総攻撃を開始する。

同年八月、戦火は中国中部の上海《しゃんはい》に飛び火して、日本軍は上海市を占領した。

同年九月、日本海軍、全中国沿岸の封鎖を宣言する。

同年九月、日本政府は、「北支事変」を「支那《しな》事変」と再び改名する。「支那」とは、中国全土を指す言葉であり、日中両軍の戦闘は、ついに本格的な全面戦争に拡大した。

同年十二月、日本軍は中国政府の首都・南京を占領し、約二十万とされる捕虜、市民らの大虐殺事件を引き起こす。大虐殺の報道は全世界に伝えられたが、日本国内には厳重な報道管制が敷かれ、ほとんどの日本国民は、そのときは、それを知らなかった。それどころか、政府は南京陥落《かんらく》を祝う提灯《ちょうちん》行列など盛大な祝賀行事を全国いっせいに展開して、国民の戦争熱をあおった。

昭和十三年一月、日本政府は和平交渉の打ち切りを決定し、「帝国政府（注・日本政府）は爾後《じご》、国民政府（注・中国政府）を対手《あいて》とせず」との政府声明を発表した。蘆溝橋事件から六ヵ月、南京占領から一ヵ月後のことであった。

　こうして、蘆溝橋事件からわずか数ケ月のあいだに、数十万人の大軍が動員されて、中国戦線に送られた。

この間、国民の戦争熱をあおるための情報操作にいち早く乗り出した政府は、蘆溝橋事件から一週間たらずの七月十三日には、新聞・通信社に対する詳細な記事掲載禁止事項を警察に指示するとともに、日本軍出兵の目的は、暴戻《ぼうれい》な支那軍を膺懲《ようちょう》する「暴支膺懲」である、とのキャンペーンを展開した。

おもな記事掲載禁止事項は、
一、日本を侵略主義的と疑わせる事項
二、日本に領土的野心があると疑わせる事項
三、日本国民を好戦的と印象づける事項
四、反戦、反軍的な言論や軍民離間をまねく事項
などなどであった。

暴戻とは、「荒あらしく人道にはずれている」で、膺懲とは、「うちこらしめる」の意味である。したがって、「暴支膺懲」のスローガンは、「乱暴で非人道的な支那をうちこらしめる」という意味であった。

このような政府の徹底的な報道統制下で、ラジオと新聞は陸軍や政府の発表どおり、支那軍の

暴戻と日本軍の勝利をセンセイショナルに報道して、国民の戦争熱と中国に対する蔑視をあおりたて、出征兵士が連日のように、中国の戦地にむけて送り出されていった。

兵士が出征するときは、町内会の人びとが盛大に見送った。

見送りの人びとの見まもるなかで、出征兵士が、「お国のために立派に戦ってまいります」と型どおりの挨拶をする。万歳とそれにつづく歓呼の声、そして全員で「勝って来るぞと勇ましく、ちかって故郷《くに》を出たからは、手柄《てがら》たてずに死なりょうか、……」と、出征兵士を送る定番の軍歌をうたいながら最寄りの駅まで行進する。そんな出征風景が、全国各地でくりひろげられ、都市の街頭には、「千人針《せんにんばり》」を依頼する女性のすがたが現れはじめた。

「千人針」とは、出征兵士の無事の生還を願って作る腹巻のことで、日中戦争発生の昭和十二年から日米戦争に突入した昭和十六年ごろまでのあいだ、さかんに作られた。白のさらしもめんに赤糸でひと針ずつ女性に縫ってもらって、千個の縫い玉をつくる腹巻で、これをからだに付けていれば、敵の弾《たま》にあたらないというものであった。女性一人に一針ずつだが、「虎は千里走って千里帰る」ということから、寅年《とらどし》うまれの女性は、年齢の数だけの針数を縫うことができるなど、出征兵士の無事の生還を念じた女性の願いがこめられていた。

このような千人針の願いもむなしく、戦死者が発表される（日米戦争に突入する前は戦死者の人数もすくなかったので、新聞に戦死者の氏名が発表された）と、新聞はいちように「名誉の戦死」「壮烈な戦死」とほめたたえ、白の風呂敷に包まれている白木《しらき》の箱に納められた戦死者の遺骨の帰還や、盛大な告別式の模様をくわしく伝えた。

戦死はみな名誉だったが、なかでもいちばん立派な戦死は、「天皇陛下万歳！」とさけぶ戦死であると言われていた。

わたしたち戦中派は小学校の修身科の授業で、日本軍の兵士は「天皇陛下万歳」をさけんで戦死する、と教えられていた。

じつは、この修身科の授業ぐらいおもしろくない時間はなく、こと修身に関する記憶や印象は、小学一年から六年を通してまったく残っていないのに、「テンノウヘイカ　バンザイ」と「キグチコヘイ」だけは、例外的にはっきりと印象に残っている。

戦中派世代が教わった修身の教科書は、大正七年制定の国定《こくてい》教科書だが、その『尋常小学修身書』巻一（小学一年生用）は、前半のページは絵だけで、後半になってやっと文字が出てくるその最初の文字が、「テンノウヘイカ　バンザイ」であった。

このときの授業で、先生が「日本の兵隊さんは戦死するとき、テンノウヘイカ　バンザイとさけぶのですよ」と教えたときは、子供ごころにも〈日本の兵隊さんはえらいなァ〉と、感心したことを覚えている。

その次の課が、戦中派世代なら誰に聞いても知っている、かの有名な木口《キグチ》小平《コヘイ》の話である。

「キグチコヘイハ　テキノタマニ　アタリマシタガ　シンデモラッパヲ　クチカラハナシマセンデシタ」

このときの授業で先生は、死んでもラッパを口からはなさなかったラッパ手の木口小平を、手ばなしでほめた。だが、それはおかしいではないか、とわたしは思った。

——ラッパを口からはなさなければ、テンノウヘイカ　バンサイは、さけべないではないか。

前の課で、「日本の兵隊さんは、テンノウヘイカ　バンザイをさけんで戦死する」と教えられたばかりのわたしは、キグチコヘイが、どうしてそんなにほめられるのか、不思議だった。


政府は、日中全面戦争を「暴支膺懲のための事変」と言い張る一方で、「実質的な国家総力戦」に国民を動員するための組織的運動として国民精神総動員運動を提唱し、そのなかで国民は、「精神」の動員までも要求されることになる。

昭和十二年の年表は、つぎのように記録する。

八月二十四日　閣議、国民精神総動員実施要綱を決定。

十月十二日　国民精神総動員運動の推進団体として、国民精神総動員中央連盟結成（会長、有馬海軍大将）。

この国民精神総動員運動の具体的な内容は、明治神宮、靖国神社など神社の参拝、宮城（皇居）遥拝、教育勅語奉読式、白木の箱（戦死者の遺骨が納められいる）の出迎え、出征兵士の見送り、農業生産増強の勤労奉仕、各種の勤労奉仕、国防献金、消費節約、ぜいたく抑制、禁酒禁煙などなど、雑多な種類の儀式や行事であり、これらが政府の指令のもとに、行政組織を通して、次からつぎと国民に通達されてきた。

しかし、官僚機構による儀式や行事の、上から下への押しつけに対する市民の反発もあり、第一、「事変」と教えられている一般国民には、「戦争」に対する危機意識が持続しないのも無理なかった。

こうして、日中戦争発生から数ヶ月つづいた国民の緊張がゆるみだしたころには、軍需産業や関連の中小企業に、戦争景気が広く浸透してきて、政府の国民精神総動員の掛け声をよそに、興行界や飲食産業は活況を呈し、歓楽街や盛り場の盛況ぶりが伝えられるようになった。

映画では、その年（昭和十二年）日本軍が上海《しゃんはい》を攻略して南京をめざしていたころ、日本映画に新しい一ページをひらいた作品といわれる、市川春代主演の「若い人」が話題を呼んだ。映画といえば、大衆娯楽作品だけのこの時代に、ベストセラーの文学作品の映画化に踏みきった第一作だったのである。

それだけに、この映画はインテリ向けの異色の芸術作品として、外国映画専門の封切館だった有楽町の日比谷映画劇場で封切られて大ヒットした。

当時、中学三年生だったわたしは、東京の親戚の家に下宿していたが、そのころは、中学生は父兄同伴でなければ、映画館に入ってはいけないことになっていて、映画館街には補導連盟の係員がパトロールしていた。しかし、日比谷映画劇場は、アメリカ映画やフランス映画の封切館として、インテリ社会人がおもな客層のため、中学生を補導する補導連盟の係員の監視の目が行きとどいていなかった。と、いうことで、中学生のわたしも一人でこの映画を見ることができた。

翌年の昭和十三年には、ディアナ・ダービン主演のアメリカ映画「オーケストラの少女」が空前の観客数を記録している。

わたしも、この映画はたしか有楽町の日劇（日本劇場）だったと思うが、やはり一人で見た。

日劇といえば、その盛況ぶりがたびたび新聞で伝えられたが、満員の日劇に入館するため劇場のまわりに行列をつくっていた人びとの頭上に、警察の手配で出勤した消防自動車が放水して、群衆を解散させようとしたのも、そのころのことであった。

こうした国民精神総動員運動の停滞を打開して、一般市民の緊張感を引きしめるために、警察が目をつけたのが、学生であった。警察の口実は、「現下の非常時局を認識せず、学業をおろそかにして、不良の行為にふける者がすくなくない」であった。

昭和十年代ころは、小学校の初等教育だけで就職するのがふつうで、高等教育を受ける学生は、同世代の若者の人口の三パーセントぐらいと言われ、「働かなくてもよい」学生に対する世間の風あたりは強かったのである。

警察はこうした社会的背景を利用して、学生を標的にする、当時の言葉で言う「学生狩り」に乗り出した。

その代表例が、昭和十三年二月十五日から三日間にわたって、警視庁が実施した大規模な「学生狩り」で、このときは三日間で三四八六人の学生が検挙され、大半は改悛《かいしゅん》の誓約書を書かされ、宮城（皇居）を遥拝させられたのち釈放されたが、各警察署に留置された者も少なくなかった。

つぎに、二月に実施された国民精神総動員週間中の大規模な「学生狩り」と、六月の日常的な「学生狩り」に関する新聞記事を引用する。

「東京の盛り場、抜き打ち二千人検挙」

〝いまどき青年や学生が、カフェーやバーにとぐろを巻いていてはためにならぬと、警視庁では国民精神総動員週間を期し、帝都の歓楽街をうろつく不良青少年、学生を、十五日夜から三日間にわたって一斉検挙を開始した。第一日の十五日午後八時、東京区裁判所から山井上席、飯沼次席、小幡不良係各検事、警視庁から大坪刑事部長、多田羅捜査一課長以下刑事部員が総出動で銀座、新宿、浅草、玉の井等の盛り場に繰り出し、都下九十署を督励して今暁までに約二千名の学生、青年を検挙、大部分は説諭を加えた上、爾今《じこん》こうした巷には出入りしないという誓約書を書かせて帰宅させたが、安倍総監就任以来はじめての大がかりな取り締まりであった。なお、同夜、各署に留置された不良は、四谷署の八十名を筆頭に、錦町署五十七名、寺島署五十六名、上野署四十一名、象潟署三十五名、淀橋署三十三名、渋谷署三十二名、丸の内署三十名、愛宕署二十九名、京橋署二十二名、築地署二十一名、蒲田署十三名などが主なもので、各署の留置場はいずれも超満員、中には臨時に演武場に収容するなど大騒ぎをした〟(昭和十三年二月十六日、東京日日新聞)

「検挙の手、神田の学生街へ」

〝早稲田、戸塚両署が中心となり主として早大、学生狩りを行って各方面の注目を引いている折から、火の手はがぜん神田界隈に飛び火し、錦町署は十八日朝来全署員を出動させて、神田付近の喫茶店を中心に遊び廻っていた明大生十名、中大生八名、合計十八名を検挙、竹岡署長自ら取り調べに当たっているが、検挙は引き続き同日午後にもわたる模様で、神田の学生街は、恐慌状態に陥っている。

竹岡署長は語る。

「今度の検挙は、喫茶店でコーヒーを飲んでいるものや、食事をしているのはつとめて避けた。授業中にサボって撞球場、マージャン店、映画館に入っているものに限って、学生の自尊心や体面を傷つけぬよう一応本署に連行説諭したが、その氏名や学年は学校当局にも告げず穏便にやったつもりだ。学生狩りというのは、警察の法規としては不良青少年取り締まりに該当するもので、学生狩りという言葉はない」と〟（昭和十三年六月十九日、東京日日新聞）

軍隊の暴走

昭和六（一九三一）年、満州（現中国東北部）の占領を企てた日本軍が引き起こした満州事変に先立つ大正のすえから昭和のはじめにかけては、軍備縮少と国際協調の時代であった。大正十四（一九二五）年に、日本は陸軍の常備二十一個師団のうち、四個師団を減少する軍備縮少をおこない、昭和三（一九二八）年には、多数の国家とともに、戦争を紛争解決の手段にしないことを約束する不戦条約に参加した。

わたしたち戦中派世代の幼少期は、ちょうどこの昭和ヒトケタ前半の軍縮期に当たり、陸軍指導部も低姿勢の軍民融和策をとっていたせいか、そのころの男の子は、兵隊さんに特別の親近感をもっていた。

わたしは、小学校に入学する前の数年間、東京の中野に住んでいたが、わが家のすぐそば、現在は中野区役所があるところに、陸軍の電信第一連隊（中野の電信隊と呼んでいた）があり、春のお花見どきには地域の民間人を招待して、営庭で演芸会を開催していた。わたしも、たしか小学校に入学する前の年だったと思うが、友だちといっしょに行ってみた。桜の木は数本しかなかったと思うが、営庭に簡単な舞台をつくって、芸達者の兵隊が歌ったり、女装して踊ったりしていたのを憶えている。

しかし、このような軍備縮少と国際協調は、一部の政治的な軍人のはげしい不満をまねき、昭和六（一九三一）年、ついに満州（現・中国東北部）に駐留していた日本軍は、奉天《ほうてん》（現・瀋陽《しんよう》）郊外の鉄道線路を爆破し、これを中国軍の所為《せい》にして総攻撃を開始する謀略により満州を占領しようと、満州事変を引き起こした。

もちろん、当時の新聞は謀略は伝えていない。しかし、大阪毎日新聞が昭和六年九月十九日に出した号外第一報は、「支那軍がとつぜん南満州鉄道（注・日本の権益）を爆破したため日支両軍が衝突」、第二報は、「わが軍、奉天城内に入る」、第三報は、「わが軍、奉天城一帯を完全占領」である。まさに、電光石火の早わざであり、日本軍の武力行使がいかに周到な計画で実行されたかが、わかる。こうして、半年たらずの短期間で満州全土を占領した日本軍は、翌昭和七年三月には、ロボット国家の「満州国」を建国した。

このような満州事変を契機として急速に台頭してきた陸軍が、自己の権力強化のため利用しはじめたのが、「国体《こくたい》」という、天皇制イデオロギーの特殊な政治用語であった。

そんな七十年も以前の政治用語が現在と何の関係があるのか、と今の人は思うだろうが、これが大ありなのである。

平成十二年、「日本は天皇を中心にした神の国」発言の森首相が引きつづき、「日本の国体をどう守るのか」と演説したのである。

この「国体」とは、「日本の国は天皇を中心とする神国である」といった概念を表す特殊な政治用語であり、その政治効用について、鶴見俊輔は次のように述べている。

「国体という、一九三一（昭和六）年から四五（昭和二十）年の日本の政治史のなかで大いに用いられた概念は、いまの長い戦争時代において、日本人の政治上の位置を攻撃したり、あるいは防禦したりする上での強力な言語上の道具としてもちいられました」（鶴見俊輔『戦時期日本の精神史』岩波書店、「国体について」一九七九年）。

この国体という強力な政治用語によって最初に攻撃されたのが、キリスト教経営の上智大学であった。

昭和七年五月、上智大学に陸軍省から派遣されていた配属将校が、軍事教練の時間に、約六十名の学生を靖国神社に集団参拝させようとしたとき、数名の学生が同行しなかった。この些細な出来事を、陸軍省は国家的事件として取りあげて、上智大学を攻撃した。いわゆる「靖国神社事件」である。このときの陸軍省の主張が、「上智大学は、学生に対し伊勢神宮、明治神宮、靖国神社などの礼拝を差しとめていることが判明した。これは国体に反している」（昭和七年十月十四日、読売新聞）であった。

まさに、昭和七年の「靖国神社事件」は、「国体」というわけのわからない政治用語によって、国民がねじ伏せられた最初の社会的事件だったのである。

この事件に登場する「配属将校」というのは、大正十四（一九二五）年公布の陸軍現役将校配属令により、陸軍から中学校以上に配属される将校のことで、当初は軍縮による軍人の余剰人員対策だったが、日中戦争がはじまった昭和十二年ごろからは、学生、生徒に対する軍事教練が本格的になっていった。

この辺の変化を、山本七平《やまもとしちへい》は次のように述べている。「わたしが中学に入ったのは昭和九年。このころの配属将校はまだ相当に低姿勢だったと思う。そして昭和十二年ごろから、配属将校の態度は次第に倨傲《きょごう》になり高圧的になり、ついにはその学校の教育方針を非難したり、全校生徒を集めて自由主義的な教師を批判し、非国民と罵倒したりするようになっていく」（山本七平『昭和東京ものがたり』読売新聞社）。

わたしの場合は、山本七平より一年おそく昭和十年に、東京の開成中学に入学し、四年生のときに大阪の府立生野中学に転校したが、開成中学では、配属将校のすがたを見たことがなく（見たかもしれないが記憶にない）、退役軍人の「教練職員」も軍服すがたではなく、もちろん軍刀もさげていなかったのに、大阪の生野中学に転校してみると、配属将校だけではなく、「教練職員」までが、軍服すがたで軍刀をがちゃつかせながらのし歩いていた。昭和十年代の時代の変化は、いまよりずっと早かった。

学校の軍事教練は、陸軍省が派遣する配属将校と、その下で助教の役目をする、学校が雇った退役軍人の「教練職員」とで実施されるシステムになっていたが、それは表向きのことで、実際は「教練職員」がほとんど取りしきっていた。もっとも、「教練職員」という名称があるのではなく、わたしたちは何と呼んでいいのかわからなかったが、呼ぶ必要もなかった。わたしたちの世代は、教練が嫌いだったし、重要視もしていなかったのである。

学校教練は最初に「気ヲツケ！」の「不動の姿勢」、つぎに「前へ　進メ！」の「行進」、やがて小銃の操作を習い、実弾射撃を体験し、分隊教練、小隊教練、部隊構成の戦闘訓練へと進む。

中学一年生のときは、小銃を手にしない「徒手教練」だが、中学二年生からは、小銃を手にし、銃剣を腰のベルトから下げる「執銃教練」に入る。

小銃は三八式《さんぱちしき》歩兵銃といい、銃身には、天皇のシンボルである「菊の紋章」が刻印されていた。全長一二八センチ、重量三・九五キロの長くて重たい銃だが、三八式とは明治三十八年に採用されたからであった。ずいぶんむかしの小銃だなぁと思ったが、これを陸軍は、現在でも実戦に使用していると聞いて、二度びっくりした。

銃剣は長さが五十センチ以上もあり、分厚くて反《そ》りのない片刃の刀身は不気味だった。

教練が終わって銃器庫に戻ると、かならず銃と銃剣の手入れをさせられ、「銃剣を錆させるのは武士の恥だ」と教練職員に言われて、油をたっぷり浸した布でツルツルピカピカにみがいたが、この銃剣で人間を刺し殺しているのかと思うと、うすい空色《そらいろ》に光る刀身に、冷酷な残虐性がこもっているような感じがして怖かった。

実弾射撃訓練は、省線の山手線（ＪＲ）の新大久保駅のすぐ近くに在る陸軍の射撃場で実施された。中学三年生のときであった。実弾が撃てるのかと思うと、前日から胸がわくわくした。

学校の銃器庫に約五十名が集合して、教練職員から小銃を受けとり、腰のベルトに弾薬入れと銃剣を下げた軍装で学校を出発した。

最寄りの田端駅から新大久保駅までは、省線電車（ＪＲ）に乗車した。今の世の中では考えられないことだが、当時は銃剣を下げた軍装の中学生が、小銃を持って電車に乗りこんでくるのは、ありふれた光景であった。

射撃場は雨天体操場のような建物であった。暴発事故にはくれぐれも注意するようにという教練職員の訓示があって、五発の実弾を渡されたときは、胸がドキドキした。

射撃の標的は、撃つ場所から百メートル先にあり、黒点を中心にした同心円が描かれていて、黒点に弾《たま》が命中すると一〇点で、一〇点の隣が九点、外にいくにつれて八点、七点、六点となり、円のなかに当たらない場合は〇点だが、わたしには標的がよく見えなかった。わたしは中学生のときには、近眼がどんどん進んで、眼鏡の度が合っていなかった。

「弾《たま》こめ！」の号令で小銃に五発の実弾をこめて、地面に腹ばいの「伏せ撃ち」の姿勢になる。標的の黒点はよく見えないが、勘を頼りにだいたいの見当で狙《ねら》いをつける。

「撃て！」の号令で、教えられていたとおり静かに引き金を引いた。発射音と発射の反動は予想より大きかった。撃った瞬間、かなりの衝撃が肩に当たると同時に、銃身の先のほうが跳ね上がった。

結果は五発とも〇点だったが、たった五発ではものたりなかった。標的なんか当たらなくてもいいから、もっとたくさん実弾をバンバン撃ってみたかった。

歩兵部隊の戦闘訓練は代々木練兵場《よよぎれんぺいじょう》でおこなった。これも中学三年生のときだった。代々木練兵場は、現在の代々木公園の二倍はあったであろう広大な練兵場で、起伏に富んだ地形の原っぱが、敵味方に分かれて実戦想定の演習をする戦闘訓練に適していた。

山手線の原宿駅だったと思うが、そこで下車した一学級約五十名は、全員が小銃を持ち、十発のる。
空包《くうほう》（発射音だけで弾丸は飛ばない弾薬）がはいった弾薬入れと銃剣を腰のベルトから下げてい

五十名は敵味方の二つの分隊に分かれる。

練兵場に入った双方の分隊は、四〜五百メートルの距離で向かいあい、それぞれ横一列の散兵《さんぺい》に散開して、小銃の先に銃剣を着剣する。着剣した小銃は身長より長くなり、頭でっかちでバランスが悪く、重量も重くなる。散兵の間隔は約三メートルである。

まず、地形を利用して空包を撃ちながら低い姿勢で前進し、百メートル?ぐらいに接近したところで匍匐《ほふく》前進に移る。匍匐前進というのは、腹ばい前進のことで、地面に腹ばいになって小銃を両手で水平に持ったまま、両肘《ひじ》と両脚《あし》をそれぞれ交互に動かして前進する。これは教練のなかでも、もっともつらい訓練だった。

双方の距離がじりじり接近して五十メートル?ぐらいになったところで、小銃の安全装置をかける。空包が残っていることがあり、その場合は空包といえども、暴発すると危険だからである。分隊長が「突っ込め！」の号令をかけると、みんな一斉に立ちあがって「ウォー」とか「ワーッ」とか、大声でわめきながら敵にむかって突進する。

敵が見る見る近づき、あと五メートルでぶつかる手前で、双方は停止して両手に構えた銃剣で相手の胸を突き刺す格好をする。

ここで演習は終了するシナリオだが、このときは、双方の分隊長が適当な号令をかけるのが遅れ、しばらくのあいだ双方が、銃剣を両手に構えたままの姿勢でにらみあう手持ち無沙汰の時間があり、間《ま》をもてあました何人かが照れ笑い?をした。

彼らのこころのなかは見えなかったが、すくなくともわたしのこころのなかには将来に向けたぼんやりした不安があった。

——演習はここで終わるけれど、実戦ではそうはいかない。

と思うと、とてもじゃないが、こんな分厚い銃剣を人に突き刺すなどできそうもないし、突き刺されるのはもっと怖かった。


昭和六年の満州事変によって口火《くちび》を切った軍隊による権力奪取の時流は、国内においても昭和七年には、海軍青年将校と陸軍士官学校生らが首相官邸などを襲撃して、犬養《いぬがい》首相を射殺した五・一五事件、昭和十一年には陸軍青年将校の一団が、一千四百余人の武装した兵士を率いて首都・東京の永田町一帯を占拠、政府要人を殺害して国家改造を要求した二・二六事件と、軍人を中心にした暗殺や反乱が相ついで起こり、そのたびに軍隊とくに陸軍の発言権は強くなっていった。

これらの過程で、陸軍が強力に発言したのが、前述の「国体」と、次に述べる「統帥権《とうすいけん》」であった。統帥権とは、軍隊を指揮命令する軍隊指揮権のことだが、当時の「大日本帝国憲法」には、「第十一条　天皇ハ陸海軍ヲ統帥ス」という規定があり、この規定が、日本の軍隊は「天皇の軍隊」だから、政府も国会も軍隊指揮権については、いっさい口出しできないと解されたのである。陸軍は、これを「統帥権の独立」として、強く主張した。

こうして、統帥権独立の名目による軍隊の独断専行はおさえることができなくなって、満州事変から日中戦争、さらには、その延長線上の日米戦争へと、政府の戦争不拡大方針を無視した天皇の軍隊の暴走は十五年間もつづき、先の見通しもなく泥沼化した無謀な戦争に従軍させられた現場の兵隊の規律は荒廃して、中国各地さらにはシンガポール、フィリピンなど、日本軍の占領地における住民に対する非人道的な残虐行為へとつながった。

もちろん、中国など占領地域の日本軍のなかにも、非人道的な残虐行為にまったく関係のない部隊もすくなくなかったし、どの社会にも犯罪者は存在するが、問題は、日本軍占領地における非人道的な残虐行為が、野放しにされて闇から闇に葬られていたことである。

さらに、当時の日本の軍隊では、国内の兵営内でも、軍事訓練とは関係のない暴力行為（軍隊用語では私的制裁《してきせいさい》と称した）が野放しにされていた。古参兵の新兵に対するいじめの暴力が、兵営内に横行していたのである。

戦前とくに昭和十年代の日本の軍隊は、警察も司法もいっさい介入できないうえに、軍隊の警察である憲兵も、兵営内の暴力については無関心であり、中隊長などの上官も、古参兵の新兵いじめは、見て見ぬふりの無法地帯であった。

しかも、軍隊生活に関する情報、とくにマイナスの情報は、軍機保護の言論統制により完全に秘匿され、いっさい報道されなかった。

しかし、軍隊経験者の体験談を聞く機会もある人びとは、このような無法な軍隊生活について、かなり知っていた。

わたしも、中学校に入ったころから、兵営内の暴力に関する噂を聞くようになったが、幼少期につくられた、兵隊さんに対する好印象のため、半信半疑であった。

だが、それが本当であることを思い知らされる事件がおこったのである。

日中戦争がはじまった年の昭和十二年三月、わが家は父の転勤により大阪に引っ越したが、わたしは、せっかく開成中学に入学できたのだからということで、中野《なかの》の親せきにあずけられて東京に残った。中学二年生のときであった。

翌年の昭和十三年一月十日（現役兵の入営日は毎年この日にきまっていた）、東京帝国大学（現・東京大学）を卒業して民間の会社に就職していた、いとこの吉田勝治さんが、六本木に在った歩兵第三連隊に入営した。二年前に二・二六事件をおこした、あの「麻布の三連隊」だった。

戦前の日本は国民皆兵の兵役法により、満二十歳になった男子はすべて徴兵検査を受けて、合格者は現役兵として軍隊に入営する義務があった。ただし、上級学校在学者に対しては、徴兵延期の特例があり、たとえば、大学在学者は二十七歳まで徴兵検査を猶予されていた。

とうぜん、このような不公平な特例は、上級学校在学者に特権を与えるものだとして、一般国民の強い不平不満があった。

しかし、昭和ヒトケタの軍備縮少時代には、そんなに多くの兵士は必要ないので、徴兵検査の甲種合格者（第一級の頑健な体格）のなかから必要な人員を「くじ引き」で徴兵していたほどで、大学卒のインテリを徴兵する必要性はすくなかった。

ところが、昭和十二年に日中戦争がおこってからは、陸軍の所要人員が急増した結果、兵士にはむかない大学卒も必要になった。

こうして、ほとんどが小学校卒（当時は国民の九十パーセントが小学校を卒業するだけで社会に出た）の二十歳の新兵のなかに、少数の大学卒（中学卒以上は一〇パーセント、大学卒は三パーセントしかいなかった）の年を食った新兵がほうりこまれて、一緒くたに新兵教育を受けることになり、大学卒の新兵（学徒兵と呼ばれた）は年下の古参兵の暴力の標的にされた。

カネがあれば大学に入学でき、大学を出ればいろいろな特権がある。この野郎！というねたみと憎しみの感情で、古参兵は虎視たんたんとして学徒兵をねらったのである。

勝治さんは、まったく最悪の時期に日本陸軍に入営したのだった。五年後の昭和十八年に、わたしが「学徒出陣」で軍隊に入営したときは、学徒兵がまとまって入営したせいか、古参兵が戦地に出はらってすくなかったせいか、兵営内の様子《ようす》もだいぶ変わっていた。

勝治さんが入営して約一ヶ月後の二月はじめの夜中のことだった。とつぜん大阪の父が、わたしがあずけられている中野の親戚の家に訪ねてきた。

勝治さんが「流行性脳膜炎」のために、兵営内で急死したという電話をうけた父は、前夜の夜行列車で朝がた東京に着き、六本木の連隊に行って、遺体対面と葬式の段取りなどをしてきたのだった。

勝治さんの父親は若死にしたので、わたしの父が大学の学費を援助するなど、ずっと親代わりをしてきたのであった。

以下は、父の話である。

連隊に行くと衛兵（番兵）が、すぐに医務室に案内してくれた。

医務室には、勝治さんの母親と姉さんが待っていた。母親のほうは涙顔でおろおろしていたが、眼をつりあげている姉さんが、

「脳膜炎で顔が腫れているのはヘンだし、部隊のなかに、脳膜炎が流行している気配もない」と訴えてきた。

姉さんがおしえた寝台に寝かされている遺体の顔にかぶせてあった白布をとって遺体に対面すると、たしかに額のところに傷があって腫れている。

勝治さんの上官という下士官が立ち会っていたので、顔の傷について詰問したが、下士官は、ぜんぜん動ずるようすがなかった。

下士官は、新兵に夕食後のひととき営庭で軍歌を歌わせたとき、勝治さんが一高《いっこう》の寮歌《りょうか》の『ああ玉杯《ぎょくはい》に』を歌ったので、腹を立てた古参兵が勝治さんを殴りたおして、頭をふんづけた事実は認めたけれど、

「死因は、軍医殿が流行性脳膜炎と診断している」と言いはった。

下士官は、古参兵が腹を立てるにきまっている一高の寮歌を兵営内で歌った、勝治さんのほうが

悪いと言わんばかりの口ぶりであり、これ以上、下士官に食い下がっても無意味なことは明白だった。

と、突然の災難のあらましを話した父は、「勝治も要領が悪い。もうすこし気をつければよかったんだ」と、残念がった。

——それなら、いったい勝治さんはどうすればよかったと言うのだろうか。

寮歌は旧制高等学校の学生が青春を謳歌した学生歌だが、そのなかにはたしかに、エリート意識を誇示しているような内容の歌詞も少なくなく、学歴コンプレックスをもっている不平分子には、いまいましい歌だった。

当時、全国の高等学校には、八つのナンバー・スクールがあった。東京市に在った一高（第一高等学校の略称）、仙台市の二高、京都市の三高、金沢市の四高、熊本市の五高、岡山市の六高、鹿児島市の七高、名古屋市の八高であり、一高はそのトップだった。

ああ玉杯《ぎょくはい》に花うけて　緑酒《りょくしゅ》に月の影やどし
治安《ちあん》の夢に耽《ふけ》りたる　栄華《えいが》の巷《ちまた》低く見て
向ヶ岡にそそり立つ　五寮の健児意気高し

こんな歌い出しの一高の寮歌『ああ玉杯に』も、「玉杯」とか「緑酒」とか「巷を低く見る」とか「向ヶ岡にそそり立つ」とか、学があるところをひけらかすエリート意識とも、お高くとまった特権意識とも受けとられかねない歌詞があった。

だが、それだからこそ、そんな学歴コンプレックスを逆《さか》なでするような危険な歌を、よりによって一触即発の暴力地帯である兵営内で、学徒兵の勝治さんが自分から歌うことは、絶対にありえなかった。

勝治さんの一高―東京帝国大学の学歴に反感をもつ古参兵が、暴力リンチの口実にするために、無理やりに歌わせたに違いなかった。勝治さんには、どうすることもできなかったのである。

それにしても、今の世の中からみれば、下士官が認めた暴行事実だけでも明白な犯罪行為だが、当時の警察は、兵営内の犯罪についてはいっさい関与できなかったし、軍隊の警察である憲兵といえば、古参兵による「私的制裁《してきせいさい》」の暴力行為については無関心だった。もちろん国民は何も言うことができなかった。

当時の日本は、山本七平《やまもとしちへい》の言うように、政府も国民も「天皇の軍隊」によって占領された被占領状態だったのである。

こうして、日本を内部から占領する皇軍《こうぐん》（天皇の軍隊）の兵営内でおこった明白な傷害致死事件は、無責任な軍医の虚偽の死亡診断書によって、すべてが決着し、遺族は泣き寝入りするほかなかったのである。

黙って引きさがるしかない無念な葬式のあと、数人の遺族が火葬場で遺骨の骨拾《こつひろ》いをしたときのことであった。どうしたことか、頭の骨がうまく焼けないで、黒ずんだ骨が残っているのを見つけた勝治さんの姉さんが、悔し涙で、

「この黒くなった頭の骨が、靴で蹴られたところね」

と母親にむかって言ったと、骨拾いに立ち会った父から聞いた。

なんとも野蛮な社会と人間の運命のはかなさを思い知らされたわたしは、暗たんとした気持になった。

皇国史観《こうこくしかん》から神国史観《しんこくしかん》へ

いとこの勝治さんは、中学一年と二年のときに英語などの勉強を教えてくれた兄貴のような存在だった。その勝治さんの突然の非業《ひごう》の死で、野蛮な社会と人間の運命のはかなさを思い知らされたわたしは、どこか遠くへ行ってしまいたい厭世的な気分の日が多くなり、この年、三月にあった中学三年の学年試験の成績も急降下して、五十五人のクラスで五十三番になってしまった。

心配した両親は、私を大阪の中学校に転校させて、自宅通学させることにした。

ところが、この昭和十三（一九三八）年は、文部省が小学校の学校教育に強制していた天皇制教育を、中等学校にも強制しはじめた、中等学校の教育内容の大転換の混乱の年だったのである。

日本政府が小学校教育に天皇制教育をはじめたのは、明治二十三年（一八九〇）に天皇制教育の基本理念を示す「教育勅語」を発布し、翌年には小学生を祝祭日の学校儀式に参列させる「小学校祝日大祭日規程」を制定したときからであった。

文部省が制定した「小学校祝日大祭日規程」は、天皇の誕生日など天皇に関連する祝日に小学生を休日登校させておこなう学校儀式の規程であった。

明治、大正を経由して、昭和初期には四大祝日に小学生を登校させて儀式をおこなった。その四大祝日は、一月一日の四方拝《しほうはい》（天皇が四方を拝礼する）、二月十一日の紀元節（初代天皇と称される神武《じんむ》天皇が即位したとされる日）、四月二十九日の天長節《てんちょうせつ》（昭和天皇の誕生日）、十一月三日の明治節（明治天皇の誕生日）であった。

儀式の次第は、御真影《ごしんえい》（天皇・皇后の写真）への拝礼、校長の「教育勅語」奉読、校長の訓話、「君が代」の斉唱であった。

このなかで、一番つらいのが、礼服を着て緊張しきった校長先生が、神社の神主があげる祝詞《のりと》のような抑揚で奉読する教育勅語を、身うごきひとつできず、せきもできずに、頭を下げたままの姿勢で聴《き》くことだった。たぶん五分ぐらいだけれど、時間がたつのがすごく長く感じた。

学校に入学したばかりの小学一年生の子供までこの苦行に耐えたのだから、むかしの子供は辛抱づよかった。

教育勅語の内容は難しい言葉ばかりで、理解できる小学生は皆無だったと思う。ただ、校長が一段と声をはりあげて読む「一旦緩急《いったんかんきゅう》アレバ義勇公《ぎゆうこう》ニ奉ジ」だけは、ひとたび戦争になれば、すべてを天皇にささげて勇ましく戦う、という意味であることを、高学年になれば学校の勉強が嫌いな子供でも知っていた。ほかの箇所とちがって、この箇所だけは何やら自分たちにも関係がありそうな感じがしていたのである。

教育勅語発布から十四年後の明治三十七年（一九〇四）からは、小学校の教科書として国が定める国定《こくてい》教科書の使用が強制されはじめ、政府が小学校の教育内容に思いのままに介入できるようになった。

その結果、修身科の国定教科書は、天皇に対する「忠」、親に対する「孝」というような上位の者に対する服従の道徳に偏向した道徳教育を教え、歴史科は昭和初期になると国史科と呼ばれ、その国定教科書は、太陽神の天照大神《あまてらすおおみかみ》を天皇家の先祖とし、古代の物語に登場する神武《じんむ》天皇を実在した第一代の天皇とするなど、非科学的な歴史を教えていた。

しかし、これらの天皇制教育は小学校までであって、中等学校（男子は中学校、女子は高等女学校）に入学すると、祝日に登校する必要もなく、「教育勅語」奉読を謹聴する苦行からも開放され、文部省が強制する全国一律の国定教科書からも自由になる。

昭和十三年以前の中学校では、明治以来の儒教《じゅきょう》思想（古代中国の大思想家・孔子《こうし》の教えにもとづく思想体系）、西欧の合理主義思想あるいは大正デモクラシー（大正期に起きた人間尊重の自由主義思想）を基調とするエリート教育をおこなっていた。

たとえば、開成中学では漢文科のほかに修身科の時間に、『孝経《こうきょう》』、『大学』、『論語』などの儒教思想を教えていた。

身体髪膚、受之父母。弗《ママ》敢毀傷孝之始也。

これは『孝経』の有名な文章で、自分のからだはすべて父母から受けたものだから、軽がるしく傷つけないのが親孝行の始めであるという意味だが、生意気ざかりの中学生たちは、「産んでくれって頼んだ覚えはないのに」と憎まれ口をたたいたものである。

儒教の基本的政治観と言われる、「修身・斉家・治国・平天下」の文章は、『大学』で教わった。『論語』は、孔子と弟子《でし》たちとの問答を集録した書で、そのなかで孔子は倫理、人間性、愛情にもとづく道徳律を教えたが、なかでも、道徳律の基本は「恕《じょ》」(思いやり)であると説いた問答は有名である。

ある日、弟子の一人(子貢)に「一言にして以て終身これを行うべきものありや」(ひとことで一生実行してさしつかえのない名言がありますか)ときかれ、「それ恕か。己《おのれ》の欲せざる所、人に施すことなかれ」(まあ思いやりだね。自分が他人からされたくないことを、他人に対してしないことだよ)と、孔子は答えたことが、『論語』に記されている。

最近、少年の凶悪犯罪が続出し、そのつど教育評論家と称する人たちがテレビに出演して、いろいろ複雑な評論を発言しているが、『論語』の「己の欲せざる所、人に施すなかれ」のたった一言《ひとこと》で、すむことではないだろうか。

開成中学の三年生のときに教わった「西洋史」は、好きな学科だった。とくに、近代ヨーロッパの合理主義と自由主義をつくりあげた思想家たちの名文句には、こころが引かれた。

たとえば、デカルトの「われ思う。故にわれ有り」、パスカルの「人間は考える葦である」、ルソーの「人間は生まれながらにして自由である」などであった。

早稲田《わせだ》の古本街で、ルソーの『人間不平等起源論』や『エミール』をさがしてきたこともあったが、内容が難しすぎて、本棚に置いたままにしているうちに、大阪の中学校に転校して、教育環境はがらりと変わった。

昭和十三年九月、わたしは大阪の府立生野《いくの》中学校に転校した。中学四年生の第二学期であった。小学校のときにも転校した経験があるので、軽い気持でいたが、中学校の転校は、そんななまやさしいものではなかった。

開成中学では、国語、漢文は進んでいて、転校時には一学年上級の教科書を習っていたが、教師が学校を出たばかりの数学が非常に遅れていて、一学年下級の三学年の教科書を教わっていた。

ところが、生野中学では、数学が進んでいて、そのときすでに五学年の教科書を教えていた。結局、わたしは三学年後半、四学年、五学年前半合わせて二年分の数学課程を習わずしまいになって、これが上級学校の受験に大きな障害となった。

もっととまどったのは、教育内容の急変であった。じつは、わたしが大阪の生野中学に転校した前年の昭和十二年三月、文部省は中等学校の教育内容を大転換していた。

対象の学科は、おもに修身、歴史、公民科であった。当時の新聞は、その改革の要旨を次のように報じている。

「修身――国民道徳と道徳原理が分離されていたのを統一し、人は歴史的、国民的存在であることを強調する。

歴史――従来は事件を羅列していたのを、建国以来の国史を一貫するわが国民精神の宣揚に重きを置く。

公民科――従来は法制経済に重点を置いていたのを、国体《こくたい》、国憲に重きを置き、わが国の統治観念が根本的に他国と異なるゆえんを明らかにする」(昭和十二年三月二十七日、大阪毎日)。

これを要するに、従来の教育内容を根本的に変更して、日本人は他国とは根本的に異なる天皇制国家の国民であることを強調し、建国以来一貫する(と称する)日本精神を徹底的に教えるということであった。

これら中等学校教育内容の変更は、「国体明徴《こくたいめいちょう》」のための教育改革であると宣言した文部省は、何のことかさっぱりわからない「国体」に関する公式見解を示した教科書『国体の本義《ほんぎ》』を、中等学校教育要目改定の文部省訓令公布から二ヶ月後の昭和十二年五月に緊急に出版した。

文部省は、訓令公布の翌月の昭和十二年四月からこの大転換を実施するとしたが、そんな無理なことができるはずもなく、翌年の昭和十三年も教育現場の混乱はつづいた。

この事実は、昭和十三年に東京の私立中学校から大阪の公立中学校に転校したわたしの体験が証明する。

わたしが昭和十三年七月まで在学した東京の開成中学では、公民科の授業をうけた覚えもなく、『国体の本義』については、そんな本の存在さえ教わらなかったのが、大阪の生野中学に転校してみると、公民科の授業があり、『国体の本義』を教えていた。

このような混乱は、もちろん文部省の無理な教育行政の結果であるが、そのほか公立と私立の違いや地域の特殊事情もあった。

当時の大阪府は、中等学校の天皇制教育への転換スピードにかけては、全国のトップだったのである。

たとえば、中等学校の入学試験の受験科目として、全国の道府県が「算数」と「国語」を必須科目にしているとき、大阪府だけは、文部省が教育改革の訓令を公布した昭和十二年三月に、いち早く「国史」一科目だけを受験科目にすることに踏みきった。その「国史」とは、もちろん、日本の国は天皇を中心とする皇国であるとする皇国史観の日本史である。

当時の新聞によると、「国史一本建て」入学試験のトップを切った、大阪府立浪速高校尋常科（中学校に相当）の試験問題の第一問は、次のようなものであった。

〝左の文を読んで次の問いに答えなさい。

遠い昔のことをふり返って見ると、まず天照大神はかたじけない神勅を下したもうて、わが国の基をお定めになり、その後神武天皇がその御旨をおうけつぎになって、はじめて天皇の御位に即かせられた。

(イ)「神勅」を書きなさい。

(ロ)「天皇の御位に即かせられた」場所はどこですか。

今年はその時から何年目ですか。

毎年その日にあたる日を何といいますか〟

(昭和十二年三月十一日、大阪毎日)。

『国体の本義』の講義は、雲をつかむような話ばかりで、右の耳から左の耳へ抜けていった。ただ、先生が黒板に「個人主義」と書いて、西洋人は個人主義だから利己主義だときめつけたことと、大きな字で「現御神」と書いたことはおぼえている。

この現御神《あきつみかみ》の話は、天皇制教育をうけた小学校時代にも聞いたことがなく、生きている人間を神というのだから、違和感が大きかった。

じつは数年前ごろから、天皇は現人神《あらひとがみ》であるという話を時どき耳にしたが、それは「へーえ」というていどの話だったのである。

それが、現御神というもっともらしい名前に変わって、学校の授業に正式に登場したのだから「えーっ？」という感じだった。

人間が神だなんて、みなはどう思っているだろうかと、先生が黒板に字を書いているすきに、最前列の席に座らされていたわたしが、そっと後ろを見ると、キツネにつままれたような顔や面倒なことにはまきこまれたくないといった無気力な顔が目だった。しかし、誰ひとりとして質問する者もなく、みなシーンとして黙っていた。

昭和十年代の学校教育を経験した世代は、みな天皇＝神に何の矛盾も抵抗も感じていなかったように思われているが、文部省が『国体の本義』の教育をはじめた昭和十三年に小学生だった「少国民世代」はいざ知らず、すでに中学生だった「戦中派世代」は、そんなことはない。もっと言えば、おなじ戦中派でも、年齢が一歳ちがえば、その天皇観はずいぶん違う。それは昭和十三年に中学何年生だったかということと、大正時代の皇室開放政策の余波がまだ残っていた昭和ヒトケタをどれだけ知っていたかであろう。

昭和ヒトケタの前半までは、大正時代の皇室開放政策による「人間天皇」のすがたも垣間《かいま》見えた時代であり、天皇に関する噂もかなりあった。たとえば、先代の大正天皇は、生まれてすぐ脳膜炎にかかり、お気の毒だったとか、議会の開会式では、勅語を読んだあと、その勅語をまるめて望遠鏡のように眼に当てたとかの噂は、かなり知られていて、わたしも小学生のときに耳にしたことがある。

しかし、昭和六年の満州事変を契機に台頭してきた陸軍を中心とする政治権力が、戦争推進のために天皇を利用しようとして、天皇絶対化の政治的、社会的運動を強力に展開したため、天皇の政治的、社会的位置は急変しはじめ、国民とくに若い人のあいだに、とまどいが生じた。

作家の石坂洋次郎が、昭和八年五月から「三田文学」誌上に連載しはじめた小説『若い人』には、満州事変以降の、先行き暗い時代に向かいつつある不安が書かれているが、とくにその第一章には、昭和七、八年ごろの、急変する天皇の政治的、社会的位置に関する、若い人たちの釈然としないもやもやと、それに対して明快な解答を出せない教師たちの当惑が描写されている。

小説の舞台は、米国系のキリスト教会が経営している女学校である。この学校の特色ある施設の一つに、クラス・ポストというのがあり、上級の各教室に投書箱を備え付けて、生徒が随意に修身倫理の疑問を紙片に記して投書する。ポストは隔週土曜日ごとに開かれ、集まった投書は、学長のミス・ケート立ち会いのもとに取捨選択され、入選の分は委員会で解答を決定する、級主任がその解答を生徒に伝達する、いわば婦人雑誌などにある身の上相談のような仕組みのものであった。

以下、その委員会のようすを小説『若い人』から引用する。

〝委員会は学長室で開かれる。ミス・ケートが正面の肱掛椅子《ひじかけいす》に座り、右わきに投書を読み上げる役の教務主任が控え、以下係りの職員たちが長テーブルの両側に向い合って並ぶ。みんなの前にはコーヒー茶碗とノートが置かれてある。議事が大半片づいて、後は二、三の割合に重要な問題が残されているばかり、誰の顔にも屈託の色が現われていた。

「この問題は二、三年前にも一度出されたことがあって、その時も解決がつかないでうやむやにつぶされてしまいました。困った問題です」

教務主任の長野先生は、銀ぶちの眼鏡ごしにみんなの顔を穏やかに眺めまわした。

「神《ゴット》と天皇《エンペラー》とはどちらがお豪《えら》い方なのですか。はっきり教えてください」

この問題だ。当惑したような薄笑いを浮かべているミス・ケートには、考えるまでもない、自明の問題であることは明らかだが、しかし彼女の神に託された使命は、彼女の生徒たちを立派な米国婦人に仕立てることではなく、日本の若い淑女を養成することにあるという曇りのない教育的信念を糊塗《こと》しない限りは、永遠に当惑の微笑を拭《ぬぐ》い消すことが出来ない難問題である〃（石坂洋次郎『若い人』第一章）

この小説に登場する女学生が小学校在学中に習った日本史の教科書は、大正九年制定の第三期『尋常小学国史』であり、戦中派世代が習った教科書と同じである。

この第三期『尋常小学国史』上巻の第一課の課題名は「天照大神《あまてらすおおみかみ》」であり、この課のなかに早くも、「日本の国は、天照大神の子孫の天皇を中心にする皇国《こうこく》である」という「皇国史観」の骨組みが示されている。

すなわち、第一課の出だしの文章は、「天皇陛下の御先祖《ごせんぞ》を天照大神と申す」であり、終りのほうには、天照大神が自分の孫のニニギノミコトに告げたとされる、「此の国は、わが子孫の王《きみ》たるべき地なり。汝皇孫《なんじこうそん》ゆきてをさめよ」という、いわゆる「神勅《しんちょく》」を引用して、わが国体《こくたい》の基《もとい》はここに定まった、と書いてある。

当時の子供にとって、天照大神は名前だけはよく聞く神様だが、その正体はあいまいだった。太陽の神だという話が多かったが、わたしは不思議だった。それだけに、教科書で天照大神をどのように説明しているか興味があったのに、「天照大神は天皇の先祖」では説明にならないと思ったけれど、当時は小学五年生にもなれば、口に出してはいけないことを心得ているので、黙って胸のうちに納めていた。

日本の国の基礎がきまった経緯についても、〈ずいぶん簡単に、日本の国はきまったのだなあ〉と思ったが、これも口に出してはいけないことだと判断した。

第二課の課題名は「神武《じんむ》天皇」だった。神武天皇とは、『古事記《こじき》』や『日本書紀《にほんしょき》』に出てくる物語上の人物だが、皇国史観では、これを実在した第一代の天皇として教えていた。

したがって、第二課「神武天皇」の力点は、生徒に神武天皇を実在の人物と思わせることであり、神格化は二の次だったようである。

第一課の、天照大神が天皇の先祖という話にはだまされなかったわたしも、第二課の、神武天皇にはすっかりだまされた、その理由は、神武天皇の全身像のさし絵と、「神武天皇御東征図《ごとうせいず》」という地図のさし絵であった。

神武天皇が刀剣を腰に吊し、弓を左手に持つ武将すがたのさし絵は、架空の想像図なのだが、当時の教科書には、それが想像図であるという何の説明もなく、あたかも史実であるかのごとく掲載されていた。

そんな大昔の人物の顔かたちがわかるのかと思う疑問も、長髪をたばね、あごひげを生やした横向きの顔つきはさだかではなく、刀剣が刀《かたな》ではなく、細長い剣《つるぎ》で、それを水平にして腰に吊していることや、だぶだぶの見なれない衣服も、いかにも古代人らしかった。

第二課の題材である神武天皇東征（東の方を征服する）の参考地図として「神武天皇東征図」というさし絵も載っていたが、それには東征途中の寄港地として、九州沿岸や瀬戸内海の具体的な地名が、何箇所も記載されていて、いかにももっともらしかった。

教科書に載っている神武天皇東征を要約すると、「神武天皇は日向《ひうが》に住んでいたが、東の方にわるものどもがはびこっていたので、これを征伐しようと思い、水軍《すいぐん》をひきいて日向を出発し、多くの年月をへて浪速《なにわ》に着いた。天皇は河内《かわち》より大和《やまと》に入ろうとしたが、わるものどものかしら長髄彦《ながすねひこ》というものの勢力が強くて討伐できなかった。よって、天皇は道をかえて紀伊《きい》より大和に入り、次第にわるものどもを征伐して、ついに長髄彦も殺した」といったものであった。

このときの授業で先生が、

「長髄彦は、わるものというよりも、このあたりの先住民のかしらで、足のスネが長かったので、ナガスネヒコと呼ばれた」

と、教科書と違う説明をしたときは、びっくりした。先生が教科書と違うことを教えるのは、それまで一度もないことだったからである。

小学五年生に上巻、六年生に下巻を教える第三期の国定歴史教科書は、天皇を中心とする覇権争奪に参画した人物を題材にした歴史書だったが、皇国史観に都合の悪い史実は除外し、都合のいい史実だけを取りあげていた。

たとえば、大海人皇子《おおあまのみこ》（天智天皇《てんじ》の弟）が、弘文天皇《こうぶん》（天智天皇の皇子）を武力で攻めほろぼして皇位につき、天武天皇《てんむ》になった壬申の乱《じんしん》（紀元六七二年）の史実は、完全に抹殺されている。壬申の乱は古代国家最大の内乱であり、しかも古代天皇制を確立させた重要な史実なのにである。

ただし、題材として取りあげれば、天皇でも、第一代の神武天皇をはじめとして、すべて他の登場人物とほぼおなじ扱いの歴史上の人物として描かれ、その後、第四期、第五期、第六期と矢つぎ早やに改訂されるたびに、エスカレートしていった天皇神格化の改ざんは、まだ不十分だった。

たとえば、平安時代の、天皇と上皇《じょうこう》（天皇が譲位した後の称号）との、兄弟あい争う骨肉の権力争いである保元《ほうげん》の乱に関する第三期と第五期の国史教科書の記述を比較すると、天皇神格化の改ざんの比較が一目瞭然となる。

第三期国史教科書によれば、保元の乱は次のように記述されている。

「保元元年、関白藤原忠通《ただみち》の弟の左大臣藤原頼長《よりなが》は、後白河《ごしらかわ》天皇の御兄崇徳《すとく》上皇（先々代の天皇）の御子重仁《しげひと》親王を天皇の御位につけ、自分は兄に代わって関白になろうとて、上皇にすすめて兵を挙げようとして、源為義《ためよし》と其の子の為朝《ためとも》を上皇の御所に呼びよせた。一方、為義の長子の義朝《よしとも》は、平清盛《きよもり》と共に天皇の御召《おめし》に応じて皇居におもむいた。頼長が為朝に作戦を相談したところ、為朝は『今夜皇居におしよせ、三方より火をつけて一方より攻めれば、勝利うたがいなし』と答えた。しかし、頼長はその作戦を採用しなかった。ところが、義朝、清盛らは早くも夜に乗じて攻めてきて火を風上《かざかみ》につけた。為朝らは勇をふるって防戦したが、ついに敗れて、上皇は讃岐にうつされ、頼長は矢にあたって死に、為義は斬られ、為朝は伊豆の大島に流された」

このように、わたしたちが学習した国史教科書では、争乱の主役が、後白河天皇や崇徳上皇から藤原忠通や頼長に移っているぐらいで、天皇神格化の改ざんはすくない。

昭和六年の満州事変から昭和二十年の終戦までは、いわゆる「十五年戦争」として一括されるが、その間、休みなく戦争や大事件がつづいていたわけではなく、昭和八、九年は内外とも比較的に平穏な時期であった。しかし、それは、嵐の前の静けさだったのである。

昭和十年は、陸軍を中心にする政治権力による「天皇機関説」攻撃、「国体明徴」運動が、一年じゅう吹き荒れた年であった。

「天皇機関説」とは、大正デモクラシー（民主的な自由主義）の時代に、東大教授・美濃部達吉らによって主張され、学界の主流を占めていた、天皇を国家の機関の一つとみなす憲法学説であるが、昭和十年になって、陸軍を中心にする政治権力に集中攻撃されたのである。

昭和十年当時、中学一年生だったわたしには、憲法学説など理解できるはずもなく、「天皇機関説って、天皇は国の機関車のようなものということ？」と、友だちと話したことを覚えている。

昭和十年における天皇機関説問題の経過を年表などによって整理してみる。

二月十八日、菊池武夫（予備役陸軍中将、貴族院議員）、貴族院で美濃部達吉（東大名誉教授、貴族院議員）の天皇機関説を攻撃。

三月二十三日、衆議院、「政府は崇高無比なる国体と相容《い》れざる言説（注・天皇機関説）に対し直ちに断固たる措置をとるべし」との、国体明徴決議案を満場一致で可決。

四月六日、陸軍の教育総監、真崎甚三郎大将、「国体明徴」の訓示を全軍に通達。そこには、「……天祖の神勅炳《へい》として日月の如く、万世一系の天皇畏《かしこ》くも現人神《あらひとがみ》として、国家統治の主体に在《いま》すこと疑を容れず。……」（岩槻泰雄《いわつき・やすお》『日本の戦争責任』一九九五年）とあった。

四月九日、美濃部達吉、天皇機関説のため不敬罪で告発され、『憲法撮要』など三著書発禁。

同日、美濃部達吉の三著書発禁の報に買手殺到、書店で売り切れ、古本屋でも定価以上の値段になる。

四月十日、文部省、天皇機関説に関して、国体明徴を訓令。

八月三日、政府、「統治権が天皇に存せずして、天皇はこれを行使するための機関なりとなす如きは、これ全く万邦無比なるわが国体の本義をあやまるものなり」との、国体明徴声明を発表。

十月十五日、八月の政府声明にもかかわらず、いっこうにおさまらない天皇機関説排撃の運動に押された政府は「天皇機関説は神聖なるわが国体にもとり、その本義をあやまるの甚しきものにして、厳にこれを芟除《せんじょ》（注・刈りのぞく）せざるべからず」との第二次国体明徴声明を発表。

こうして、昭和十年の年間を通して吹き荒れた、天皇機関説排撃、国体明徴運動を契機に、天皇を機関として考えることもできた昭和ヒトケタから、天皇は絶対に神でなければならない昭和十年代へと、時代は移っていった。

もちろん、それ以前にも、ごく限られた一部の人びとのあいだに、天皇を現人神とする思想が存在していなかったわけではないが、それが絶対になっていくのは、前述の真崎陸軍教育総監による「万世一系の天皇かしこくも現人神として国家統治の主体に在《いま》すこと疑をいれず」との全軍訓示あたりからであった。

天皇を神格化する国体明徴運動が最大の影響を与えたのは、教育と学問（教学）の分野であった。

昭和十年十月の国体明徴政府声明によって公約された「天皇機関説の芟除《せんじょ》」を具体化するために、文部大臣諮問機関として設置された教学刷新評議会が、昭和十一年十月に決議した答申に基づき、文部省は中等（男子は中学校、女子は高等女学校）教育、師範（教員）教育、高等学校（旧制）教育などへの国体明徴教育を決定した。

しかし、教育の現場では、生徒はもちろん教員も国体明徴の「国体」の意味が、さっぱりわからないのが実情であった。

そこで、文部省は昭和十二年五月に、国体明徴の教科書『国体の本義』を刊行し、中等学校と師範学校を重点的に全国の学校に配布した。本文はA五判一五六ページで、国体の堅持を強調する「緒言《しょげん》」につづいて、国体の原理を解説する「第一　大日本国体」、国体の歴史を説明する「第二　国史における国体の顕現《けんげん》」の二部から成る本論部分および「結語《ママ》」から構成されているが、空疎な内容をことさら難解な修飾語で飾り立てて、ますますわかりにくくした、こけおどしの語句をつらねた長文であり、とにかく「現御神《あきつみかみ》」という言葉が、これでもかこれでもかと出てくる。

この「現御神」という用語は、陸軍の教育総監が言い出した「現人神」と同じような意味であるが、現御神のほうが、一段と神性を強調しているニュアンスがある。当時、陸軍省軍務局文部課と冷笑されていた文部省が、すこしでも独自色を出そうとしたのかもしれない。

『国体の本義』の発行と平行して文部省は、昭和十二年に中等学校（中学校など）と師範学校の主要教科である修身、歴史、公民などの教授要目を、国体明徴の観点から根本的に改訂し、小学校でも、昭和十五年改訂の第五期『小学国史』からは、天皇を「現御神」と表記するようになった（中村紀久二氏「国定歴史教科書解説」のパンフレット）。

なお、わたしたちの世代が学習した第三期『尋常小学国史』では、平安時代の保元《ほうげん》の乱は、後白河天皇・関白藤原忠通と、崇徳上皇（先々代の天皇）・藤原頼長（関白の弟）との権力争いとして記述され、敗北した崇徳上皇は讃岐に流されたことも書かれているが、第五期の『小学国史』では、後白河天皇と崇徳上皇は権力争いの当事者からはずされて、すがたを消し、保元の乱は、単なる藤原忠通と頼長の兄弟喧嘩にされている。天皇神格化に不都合な史実は、歴史的に重要（政権が天皇から武士に渡るきっかけになった）でも、改ざんされたほんの一例である。第六期国史教科書の改ざんの非常識さは論外である。

こうして、昭和十年の天皇機関説排撃をきっかけとした国体明徴運動の激化のなかで、昭和十年に陸軍が天皇=現人神を言い出し、昭和十二年には、文部省が天皇=現御神を公式に宣言した昭和十年代は、明治以来の「日本の国は、天皇を中心とする天皇の国（皇国《こうこく》）である」とする「皇国史観」が、「日本の国は、現御神・天皇をを中心とする神の国（神国《しんこく》）である」とする「神国史観」に、一段と先鋭化した時代であった。

まさに昭和十年代は、天皇が神にされた異常な時代であった。この時代、天皇=神に対してすこしでも批判めいたことや疑念を口にするだけで、刑法の不敬罪によって厳重に処罰されることになったのである。

不敬罪（昭和二十二年廃止）は、皇室に対する「不敬の行為」によって成立し、「不敬」とは、皇室の尊厳を害するいっさいの行為を包含し、その方法、程度、あるいは言語によると文書によると問わず、またその表示が公然と行われることを要件とせず、したがって私的な日記に記載することも本罪を構成するとされたが、なんと言ってもいちばん不合理なのは、天皇=現人神を承認しないことも不敬罪とされたことであった。

このような不合理な不敬罪への恐怖感によって金縛りにされた昭和十年代の日本は、「天皇も神ではない」という当たり前のことさえ言うことができない言論弾圧、情報統制の暗黒時代になっていったのである。

さて、大阪府立生野《いくの》中学校は、わたしの家から歩いて二十分ぐらいのところにあったが、転校して三ヶ月も通学しないうちに、学校に行くのがいやになった。軍事教練と体操の時間が特にいやだった。

開成中学の軍事教練はわりにのんびりしていて、陸軍省派遣の「配属将校」はほとんど姿をみせなかったし、実際に教練を教える退役軍人の「教練職員」も、軍服は着ていなかったし、軍刀も下げていなかった。ところが、生野中学の軍事教練は本格的で、教練職員までもが軍服を着て、軍刀をガチャガチャさせながらのし歩いていた。

また、体操の時間では、意地悪な教師が、

「東京の中学校がなんや」

などと言って、東京からの転校生を目のかたきにした。

もちろん、いまのように簡単に不登校が許される時代ではないから、いやいやながら学校に通っているうちに、七度三分ぐらいの微熱が出るようになった。いまから考えれば、精神的なストレスによる「心身症」ではなかったかと思うが、病院の診断は「肺門リンパ腺」であった。

こうして、病院に通院することになったが、そのころの「肺門リンパ腺」に対する治療法は、X線の照射とカルシュウムの静脈注射で、X線療法のあとはからだがひどく疲れ、カルシュウム注射ではからだが熱くなって、かえって熱が高くなった。そんなことで、結局は、学校を一年間休学することになってしまった。

人間は病気とか落ち込んだ境遇のときに宗教に出会うというが、日本では今もむかしも宗教と言える宗教に出会うことが非常にむずかしい。

当時の日本人の宗教環境は、たいていの家に神棚《かみだな》と仏壇《ぶつだん》があって、神棚にはどこかの神社の御札《おふだ》が飾られ、仏壇には先祖の位牌《いはい》が置かれていて、外出して神社の前を通れば頭をさげて現世利益を願い、年に一度は近所の神社の祭礼になにがしかの寄付をし、家族が死ぬと、「死んだらホトケさん」ということで、ふだんは関係のない近所のお寺の坊さんをよんで葬式をあげるというような、混沌《こんとん》としてあいまいなものであった。

わが家にも、一人で持ちはこびできる箱型の簡単な仏壇があって、そのなかには香炉《こうろ》や燭台《しょくだい》（ロウソク立て）などが置かれていたが、位牌はなかった。父が次男で、分家したためとのことだった。

兵庫県の芦屋《あしや》に住んでいた父の兄と同居していた父方の祖母は、浄土真宗《じょうどしんしゅう》に帰依《きえ》（祖母の郷里の鹿児島は浄土真宗が普及していた）していて、時どき大阪のわが家に宿泊しに来たときにも、「なむあみだぶつ」の念仏《ねんぶつ》を熱心に唱えているすがたをよく見かけた。

母の実家は根来《ねごろ》といって、真言宗《しんごんしゅう》との縁が深かった。根来家の家系図によると、紀州・真言宗根来寺の根来衆《ねごろしゅう》（天文《てんぶん》十二年、ポルトガル人の船が鹿児島南方の種子島《たねがしま》に漂着して伝えた二丁の鉄砲のうち一丁を、はじめて国内に伝えたことで知られる衆徒集団）の四坊の一つ、岩室坊《いわむろぼう》の院主《いんじゅ》だった岩室坊勢誉《せいよ》は、天正《てんしょう》十三年（本能寺の変から三年後）、豊臣秀吉に抵抗して自害（秀吉の根来寺焼き打ち）したが、その跡目を継いだ岩室坊勢祐《せいゆう》が、慶長五年の関ヶ原の戦いに際して、鉄砲隊を率いて西軍の毛利輝元に仕官（結局、毛利軍は戦わなかった）し、還俗《げんぞく》して長州・萩に移り住んで、根来姓を名乗るようになったのであった。

そんな縁もあって、何となく真言宗に関心があったわたしは、真言宗の総本山がある高野山《こうやさん》にも行ってみたが、そこは観光地のような感じで、宗教的な出会いの雰囲気はなかった。

病院の治療のほうもはかばかしくなかったので、両親の知人が鍼灸《しんきゅう》療法を勧めてくれた。その鍼灸の先生が、熱心なカトリック信者だったのである。

この先生の紹介で、わたしは国鉄（ＪＲ）大阪駅近くの北野カトリック教会にブスケ神父を訪ねた。

神父さんは白いあごひげが優しくて、あたたかい眼をした初老の西洋人だったが、この老神父との出会いこそ、それまでの人生で一度も会ったことのないような人格との出会いになった。わたしは、何回か教会に神父さんを訪ねるうちに、本当にこころから尊敬できる人にはじめて出会ったと思うようになったのである。

フランス人のシルベン・ブスケ神父は、十九歳のときにパリ外国宣教会に入会し、二十四歳のときに年老いた両親を祖国フランスに残して、単身、日本に渡った。パリ外国宣教会は、極東地域のキリスト教布教に生涯従事する誓約を立てた司祭（神父）を会員とする宣教会である。

極東の日本に派遣されたブスケ神父は、大阪教区の北野教会の基盤を確立したのち、西宮《にしのみや》を経て夙川《しゅくがわ》に移った。夙川では、キリスト教が白眼視されている当時の状況のなかで七年間の苦難のすえ、夙川教会「幼きイエズスの聖テレジア」聖堂を創建献堂した。

その後、夙川での過労による病気療養ののち、昭和十年、五十八歳のとき再び大阪北野教会に転任する。わたしがブスケ神父に出会ったのは、それから三年後のことだったのである。

わたしがこころを動かされたのは、ブスケ神父の自己犠牲の実践であった。日本人の考え方からすれば、縁もゆかりもない遠い国の異邦人である日本人のために、自分のことはすべてを捨てて、献身的に尽くしているブスケ神父の人生は驚嘆のほかなかった。

――このような人格がカトリックには存在している事実こそ、カトリックの神が存在することを証明しているではないか。

そう思ったわたしは、公教要理《こうきょうようり》（カトリックの教理の要約）をブスケ神父から教わったが、それは、理路整然として、スケールが大きくて、第一、姑息《こそく》なごまかしがなかった。

わたしは、ブスケ神父の信ずるカトリックの神をわたしも信ずることをブスケ神父に約束した。決して二言《にごん》のない「男の約束」だと思った。キリスト教に対する世間の風当たりは強くなっていたが、野蛮な社会には屈服しない決心を固めることができたのであった。

こうして、昭和十四年四月八日、復活祭の前日にあたる聖土曜日に、わたしは大阪の北野教会で、ブスケ神父からカトリックの洗礼を受けた。中学四年生（休学中）の十六歳のときであった。

この昭和十四年四月八日は、伊勢神宮、明治神宮、靖国神社など国家的神社（現在の言葉で国家神道《こっかしんとう》）を除くすべての宗教団体を、文部省の監督下に置く宗教団体法が公布された日でもあった。この法律は、文部大臣が宗教団体の認可取り消し、宗教活動の制限・禁止をできることとして、すべての宗教団体に対して、国家的神社に同調するよう、その教理を修正することを強制した宗教弾圧法規であった。

「信仰の自由は、憲法に明らかに認められている。しかし、宗教の本来の機能を発揮せしめるためには、保護監督を必要とする。いかなる宗教も、我が国体観念に融合しなければならぬ。宗教により国体観念を涵養《かんよう》（注・養成）することは、非常に大切である」

これは、その二ヶ月前の二月八日に、当時の平沼《ひらぬま》首相が宗教団体法案の提案理由について、貴族院の特別委員会でおこなった説明の一部である。

この提案理由にあるように、宗教団体法の目的は、すべての宗教を「国体観念」に同化させることであった。国体観念とは「日本は現御神・天皇を中心とする神国である」という観念であった。翌年四月から同法は施行され、監督官庁の文部省は、国体観念に反する教義の変更をカトリック教会に要求した。それは唯一の神、天地万物の創造主、十戒の第一戒などキリスト教の基本的な教義であった。その後、昭和二十年十二月二十八日に宗教団体法が廃止されるまでの約五年間、キリスト教の布教活動は不可能になったのである。同法廃止から三日後の昭和二十一年元旦、「天皇は現御神にあらず」という昭和天皇の詔書が発表されることになる。

紀元二千六百年と「八紘一宇」

昭和十五年（一九四〇）は、政府が音頭《おんど》をとる「紀元二千六百年」を祝うさまざまな祝賀行事で、日本じゅうがお祭りさわぎをした年であった。

それは、いつ果てるとも知れぬ日中戦争の泥沼化と、国民の「精神」まで束縛する国民精神総動員運動にくさくさしている国民に、つかの間の息ぬきの機会を与えようとする政府の演出であり、国民精神総動員運動で禁止されていた盆踊《ぼんおど》りも一時的に解禁され、秋には提灯《ちょうちん》行列、旗行列、音楽行進、お祭りの御神輿《おみこし》など多彩な行事がおこなわれた。

ラジオも、奉祝国民歌に制定された『紀元二千六百年』を一日じゅう放送し、子供から大人まで日本じゅうの人が、この行進曲ふうの歌を知っていた。

金鵄《きんし》輝く　日本の
栄《はえ》ある光《ひかり》　身《み》にうけて
いまこそ祝え　この朝《あした》
紀元は　二千六百年

歌詞の「金鵄」は、小学校の国史の教科書に出てくる、神武天皇東征（東の方を征伐する）のとき、天皇が手にしていた弓にとまったという金色のトビのことで、当時は「金鵄勲章」という勲章もあって、これは戦争で手柄をたてた軍人に与えられる最高の勲章であった。

「ニセーンロッピャクネン」のところは、特に元気よく弾みをつけて歌った。

当時は、小学校はもちろん中学校でも、「西洋の紀元（西暦）は今年で一九四〇年だが、日本の紀元は二千六百年だから、日本の歴史は西洋にくらべてずっと古くて伝統がある」と教えていたのである。

日本の紀元は皇紀《こうき》（天皇の紀元）とも言って、第一代の天皇とされる神武天皇が即位したと称する年から起算する紀元で、昭和十五年は、その年からかぞえてちょうど二千六百年に当たるというのであった。

戦前の小学生が学習した文部省作成の国史教科書は、日本の紀元にしたがって書かれ、教科書の巻末には、神武天皇即位の年を元年とする年表が載っていて、それを生徒に暗記させていた。たとえば、仏教の伝来はたしか紀元一二一二年だったが、これを「仏教は一二一《イチニ》、一二一《イチニ》とやって来た」というふうに暗記した。

このように、社会認識が白紙状態の小学生時代に、国史科の唯一《ゆいいつ》の教科書によってたたきこまれた日本の紀元だから、わたしたち戦中派は、日本の紀元にウソがあるとは気がつかなかった。

しかし、その一方で、どうしても腑におちないおかしな点もあった。それは、やはり国史の教科書の巻頭に載っている御歴代表《ごれきだいひょう》であった。

御歴代表とは、歴代の天皇の名前の一覧表で、これをわたしたち戦中派は暗記させられた。天皇の名前は難しい漢字が多かったので、振り仮名をたよりにして、じんむ、すいぜい、あんねい、いとく、こうしょう、こうあん、こうれい、こうげん、かいか、すじん、すいにん、けいこう、せいむ、ちゅうあい、おうじん……と、お経を読むような調子をつけて暗記した。何代の天皇までというノルマはないが、第一ページに載っている二十七代までが、ふつうの子供の能力の限界であった。

御歴代表の授業は、まず教師が天皇の名前の読み方を教え、つづいて全員に音読させて暗記させる。次回の授業では、数名の生徒を指名して暗記できた範囲を暗唱させる。せいぜい十代ぐらいしか暗唱できない生徒が多いなかで、かなり先まですらすら暗唱できる生徒もいた。

その御歴代表には、天皇の名前の下に在位年数が参考資料として載っていたが、神武天皇から十数代までのなかには、在位年数が極端に長い天皇がいて、百年以上在位の天皇が二人もいた。短命なはずの大むかしに、百歳をゆうに越える天皇が二人もいることは、常識では考えられないことであった。

だが、天皇に関係する問題は質問しないほうが無難と思っていたわたしは、誰にも言わずに自分一人の胸のうちに納めていた。

ところが、この問題を先生に質問した生徒がいて、

「むかしの天皇は長生きだったのですか」

と、おそるおそる質問した。

——この問題だ。勇気あるなァ！

と感心しながら、わたしは聞き耳をたてた。

だが、先生の返答はあっけなかった。というより返答になっていなかった。

「御歴代表の暗記はできたのか！」

と、先生はぎょろりと眼をむいた。

もともと、どこまで暗記すれば「できました」と言えるのか、はっきりしない歴代表だから、生徒は眼を白黒させて口をつぐんでしまい、肝じんの質問は無視されたまま、うやむやにされてしまった。

今から考えると、この歴代表の暗記は、文部省が押しつける無理なウソについて、生徒に考える

余裕を与えないようにするため、現場の教師が考え出した自衛策だったように思う。

わたしたち大正十一年生まれの戦中派が、小学五年生だった昭和八年に使用した国史教科書は大正九年発行の第三期国定教科書で、わたしたちより一年下級生の戦中派が翌年の昭和九年に使用した教科書は同年二月に発行の第四期国定教科書だが、この教科書からは、歴代表の在位年数が削除されて、天皇の名前だけになっている。在位年数の矛盾から日本紀元のウソがばれるのをふせぐための文部省の操作であろう。

ところで、この紀元二千六百年を奉祝する祝賀行事にあわせるかのように、「八紘一宇《はっこういちう》」という雲をつかむようなスローガンがまちのなかに溢れだした。

じつは、この年の七月、政府は「日本国の基本方針は八紘を一宇とする建国の大精神に基く」というような基本国策要綱を閣議決定して、それから「八紘一宇」のスローガンが、にわかに脚光をあびてきたのだった。

「八紘一宇」とは、第一代の天皇とされる神武天皇が即位に際して述べた言葉とされ、政府・文部省の解釈は、次のような大風呂敷の内容であった。すなわち、八紘とは「四方八方の全世界」、一宇とは「一つの大きな屋根の下」、したがって、八紘一宇とは「四方八方の全世界を天皇の下に一つの家のように統一する」なのであった。

ただし、このように侵略主義むき出しの「八紘一宇」では対外的にはいかにも具合《ぐあい》がわるいので、これは国内のスローガンにとどめて、国外には「大東亜共栄圏」が採用されていた。

それは、八紘（全世界）を「大東亜」にせばめ、一宇（統一）を「共栄」に替えるすりかえ言葉であった。

大東亜共栄圏に極東の満州と中国をふくませることは当初からはっきりしていたが、東南アジアについては、国際情勢と軍事上の必要によって、そのつど決定することにしていたらしい。

東南アジアのなかで最初に取りあげられたのは、フランス領インドシナ（現在のベトナム、ラオス、カンボジア）であった。

大東亜共栄圏のスローガン発表から二ヶ月もしない昭和十五年九月、日本軍はヨーロッパ戦線でドイツに敗北して弱体化していたフランスに強要して、北部フランス領インドシナへの軍隊進駐に踏みきった。ついに日本軍は、東南アジアにむかって一歩を踏み出したのであった。

こうして、国中《くにじゅう》が紀元二千六百年の奉祝ムード一色になり、八紘一宇や大東亜共栄圏の大風呂敷に酔っていた昭和十五年の十月ごろだったと思う。

長期化する日中戦争で戦死した、生野中学の若い事務職員の告別式が盛大におこなわれ、わたしは全校生徒を代表する約二百名の五年生一同の一人として式に参列した。

学校から式場までは、約二キロぐらいの距離があったと思う。生徒一同は空包《クウホウ》(発射音だけで弾丸は出ない)の弾薬四発を入れた皮製の弾薬入れと、銃剣を腰のベルトに装着した軍装で、ふだんは肩にかつぐ歩兵銃を、銃口を下に向けて肩から吊《つ》りさげて(三八式歩兵銃には吊り革が付いていた)告別式場まで行進した。

告別式には、おおぜいの人が参列し、おえらがたの弔辞も終わったころ、参列者のうしろに整列していた生野中学の生徒一同は、「撃て!」の号令で四発の弔砲を撃ち、つづいて、『海ゆかば』の葬送歌を合唱した。

高い空に銃口を向けた二百名の一斉射撃が四たび式場を震《ふる》わせ、荘重な調《しら》べの『海ゆかば』合唱の重く沈んだ余韻は、しばし式場に漂《ただよ》う。

海行かば　水漬《みづ》く屍《かばね》
山行かば　草生《む》す屍
大君《おおぎみ》の　辺《へ》にこそ死なめ
顧《かえり》みはせじ

この『海ゆかば』は、日本放送協会（現ＮＨＫ）が、奈良時代の『万葉集』から大伴家持《おおとものやかもち》の長歌の一節をさがし出して、そのころ高名な作曲家の信時潔《のぶとき・きよし》に作曲を依頼した合唱曲である。

昭和十二年、最初はラジオ番組の「国民歌謡」として登場した『海ゆかば』だったが、その後、日中戦争が長期化して戦死者が増加するにつれて、信時潔の曲の荘重な美しさと「大君（注・天皇）の辺《へ》にこそ死なめ顧みはせじ」という天皇のための戦死の潔《いさぎよ》さをたたえる歌詞のため、次第に戦死者の葬送に際して歌われるようになっていた。

白い風呂敷で包んだ白木《しらき》の箱に納められて帰ってきた戦死者の遺骨は、何も語らない。遺族に届けられる戦死公報も、戦死の日時と大ざっぱな場所ぐらいの形式的なもので、戦死者の最期の状況は知るよしもない。

――犬死にだったのではないか？

顔には出せない、そんな重苦しい思いの遺族も、天皇陛下のために戦死して、こんな名誉なことはないではないか、と人びとに言われれば、返す言葉もなく、気丈にうなずくほかないのであった。

『海ゆかば』の合唱が終わって、ひとときのあいだ何やら沈んだ気分が式場をつつんだとき、漠然とした将来の不安が、わたしの頭をかすめた。

――いずれは自分も戦争にかり出されて、遠い異国の地で独りさみしく水づく屍、草むす屍になるのだろうか？

だが、すぐに楽観的に考えなおした。

――戦争に行っても、戦死するのはよほど運が悪い。それに、遠い異国の地で水づくかばね草むすかばねになったとしても、火葬場で火に焼かれるよりましかもしれないし、結局は誰でも独りで死んでいくものだ。それよりも、昔の人が、天皇のためなら死んでも後悔しない、と言ったのは、本心だったのだろうか？

いずれにしても、兵隊にとられるのは、だいぶさきのことであった。

このように、紀元二千六百年をたたえる国を挙げてのお祝いさわぎや、名誉な戦死者の盛大な葬儀の一方で、中国大陸で戦われている支那事変（日中戦争の当時の呼び名）は、いたずらに長期化して、いつ果てるともしれない泥沼化の状況になっていた。

そんなとき、わたしは南京占領軍の帰還兵から、ショッキングな戦争体験談を聞いた。

それは、「南京占領後に、多数の捕虜や市民を銃剣で突き殺して、死体は揚子江《ようすこう》（注・中国最長の河川で、南京はその下流の南岸に位置する）に流した」という内容であった。

じつは、暴戻《ぼうれい》（乱暴で人道に反する）な支那軍をこらしめるという口実でセンセーショナルにはじめられた日中戦争であるが、二年、三年と経過するにつれて、日本軍が残虐行為をおこなっているという噂がだんだん聞こえてくるようになってきた。実戦に従軍した帰還兵の体験談が警察の厳重な監視網をかいくぐって、口から口へとひそかに伝えられるようになってきたのである。

その一つが、わたしも帰還兵から直接に聞いた、南京大虐殺の体験談だったのである。

昭和十二年に南京を占領した日本軍は大規模な暴行、略奪、虐殺の残虐行為をおこない、その報道は全世界に伝えられたが、日本国内には厳重な報道管制がしかれ、ほとんどの国民がその時点ではこれを知らなかった。

しかし、それから二、三年後（紀元二千六百年ごろ）には、南京攻略戦に従軍した帰還兵の体験談が、徐じょに国民のあいだに浸透してきていた。もちろん、当時は南京大虐殺という言葉も、その全容も報道管制の闇にとざされていたが、中学生だったわたしでさえそうだから、かなりの多くの国民が、南京大虐殺などの日本軍の残虐行為を知っていた、と思う。

それから、時代がとんで……戦後の昭和六十三年のことである。

——なに言ってるんだ。

と、思うことがあった。

戦争中に治安警察の経歴があるという自民党所属の大臣が、新聞記者会見で、「南京大虐殺はなかった」と発言し、その理由として、「あれだけの大事件があれば、とうぜん国民は、それを知っていたはずなのに、当時の国民はぜんぜんそれを知らなかった」と話したのである。

大虐殺事件が国民に知られないように徹底的に報道管制を実施した、その当事者の警察関係者が、「そんな大事件なら国民も知っていたはずなのに、知らなかった」とは、よくもぬけぬけと言えるものだと、その鉄面皮に腹が立つよりも、〈なに寝ぼけているんだ〉と思った。

長期にわたって大軍を動員した日中戦争の実態を何年間も隠し通すことは、いかに強力な、あの時代の警察といえども、無理なのであった。

ただ、刑法、治安維持法、言論・出版・集会・結社等臨時取締法、軍機保護法、国家総動員法、新聞紙法、出版法などなど無数の治安立法を駆使する警察によって、徹底的な情報統制が実施されていた当時は、重大な情報は、警察の目のとどかないところでひそかに口コミで伝わっていたということである。

そういうことで、警察は把握していなかったのかもしれないが、日中戦争発生から二、三年後の昭和十五年ごろ——それはちょうど紀元二千六百年のお祝いさわぎで、政府が八紘一宇や大東亜共栄圏の政治スローガンを声高に叫んでいたころ——には、南京大虐殺など日本軍の残虐行為をうすうす知るようになって、うしろめたい気持になった国民が、かなり多くいた、と思う。

「紀元二千六百年」の翌年にあたる昭和十六年（一九四一）は、日本がアメリカに宣戦を布告した年だったが、それは十二月になるまでわからない。

昭和十六年三月、わたしは大阪の生野中学を卒業して、上級学校の入学試験を受けたが、失敗した。

同年九月、父親の転職により、わが家は大阪から東京・池袋の借家に転居し、わたしは新宿に在った予備校に入学した。

昭和十六年は、日本国にとって有史以来の大変な年になった。当時の日本がかかえていた大問題は、泥沼化している日中戦争と、前年九月に日本軍が強行した仏印《ふついん》（フランス領インドシナ）進駐に関するアメリカとの対立であった。

日本は日中戦争と仏印進駐を、「八紘一宇」の海外むけスローガンである「大東亜共栄圏」で説明しようとしたが、アメリカは、これを日本の中国や東南アジアに対する明白な侵略とみなし、経済封鎖を強化することによって、日本を屈伏させようとした。当時の日本国民は、敵はアメリカと、その同盟国のイギリスやオランダだけと思っていたが、じつはそうではなかった。

ほとんど全世界の国が、日本の唱える「八紘一宇」や「大東亜共栄圏」の政治スローガンに反発していたのである。結局、日本はアメリカとイギリスに宣戦布告するが、それに対して、日本に宣戦した国は、五十数ヵ国にのぼった史実（家永三郎『日本史』三一書房）が、これを証明する。

しかし、厳重な報道統制下にあった当時の日本国民には、日本が全世界から孤立している国際情勢を知るすべもなく、ただただ強力なアメリカの経済封鎖に憤慨していた。

昭和十六年四月、米国の国務長官と駐米日本大使とのあいだで、日米交渉が正式に始まった。

同年六月、日本は前年の北部仏印進駐につづく南部仏印進駐を決定した。

同年七月、米国は在米日本資産を凍結。

同年八月、米国は日本に対する石油輸出を全面的に禁止。

同年十月、第三次近衛《このえ》内閣が「閣内の意見不一致」のため総辞職して、陸軍大臣だった対米強硬論者の東条《とうじょう》中将が、現役軍人のまま総理大臣となって、東条内閣が成立した。

同年十一月上旬、野村駐米大使を助けるため、来栖《くるす》特派大使をワシントンに派遣。

同年十一月下旬、日米交渉は事実上決裂し、日米関係はいよいよ風雲急を告げ、ただならぬ雲行きとなってきた。

日本の世論はぴりぴりしていた。

――このままアメリカの経済封鎖がつづけば、日本はじり貧だ。

――石油がなければ、軍艦も動かせないし、飛行機も飛ばせない。

――いまならアメリカ恐れるにたらず、ただちに宣戦布告せよ。

などなど、アメリカとの戦争は避けられないとする方向に、世論は向かっているようであった。

――では、アメリカと戦争になって勝てるのか？

その点が、どうもあやふやだった。日本兵には大和魂《やまとだましい》があり、アメリカ兵は軟弱だから勝てる、というだけのことであった。

一方、多くの国民は、どうしても後ろめたさが拭えない、日中戦争の泥沼化にうんざりしていた。

――アメリカとの戦争は、あの広大な太平洋で、日米両艦隊がぶつかり合う、後ろめたさが入る余地のない正々堂々の戦争になるだろう。

そんなふうに想像している国民も多かったように思う。

日米開戦の十二月八日は月曜日だったので、前の週の土曜日は、開戦二日前ということになる。

その土曜日に、予備校の授業が終わってから、わたしたち数人のグループが教室に残って雑談したとき、日本とアメリカは本当に戦争するだろうか？もし戦争になったら、日本は勝てるだろうか？

という話題になった。

「時がたてばたつほど、日本はジリ貧になって不利になる」

「いまごろは、日本海軍の連合艦隊が、アメリカに向かって、太平洋を航行しているかも知れないぞ」

「日本海軍には大和魂があるが、アメリカにはないぞ」

などの勇ましい意見ばかりで、

「ほんとにアメリカに勝てるのか?」

というような慎重な意見があっても、それを言い出せる雰囲気ではなかった。

わたしも、太平洋の大海原《おおうなばら》を白波をけたてて航行する連合艦隊の勇姿を頭に浮かべたが、いまひとつはっきりしないのは、たしかに日本海軍は太平洋上の海戦には勝つかもしれないけれど、そのあと、どうやってあの広い太平洋を渡ってアメリカ本土を攻撃するのだろうか、どうやってあの広いアメリカ本土の向側にある首都・ワシントンを攻撃するのだろうか、という疑問であった。だが、そんなことを発言しても、みんなに笑われるだけのような気がして、黙っていた。

日米開戦

昭和十六年（一九四一）の十二月八日は、月曜日だった。朝の七時ごろ、めずらしく母がわたしを起こしに、二階にあがってきた。

「戦争が始まったよ」

と、心配そうな顔である。

いっぺんに目が覚めたわたしは、〈とうとう来るものが来たか〉と思いながら、急いで着替えをすませて、階下に降りた。居間では箪笥《たんす》の上に置いてあるラジオを見あげて、むずかしい表情の父が座っていた。

「臨時ニュースを申しあげます。臨時ニュースを申しあげます。大本営陸海軍部午前六時発表。帝国陸海軍は今八日未明、西太平洋において米英軍と戦闘状態に入れり」

アナウンサーが早口で棒読みする緊迫した短いニュースが、居間の障子《しょうじ》を背に無言で突っ立っているわたしの耳に飛びこんでくる。

――これで自分も、いずれは太平洋のどこかで水《み》漬《づ》く屍《かばね》になる運命だろうか。覚悟しておく必要がありそうだ。

という諦《あきら》めが、そのとき反射的にわたしの頭をよぎった最初の思いであった。

そのときのわたしは十九歳で、大学に入学して徴兵延期になっても、三年ぐらいで兵隊にとられる年齢だった。

予備校に行くと、戦争が始まったという話題でいっぱいであった。

「とうとうやったなァ」

「西太平洋ってどのへんだろう?」

「連合艦隊は強いから心配ない」

など、口ではみな強がりを言っているが、どこか不安そうな表情も垣間《かいま》みえる。なにしろ、二十歳前後の青年たちにとっては、兵隊にとられる心配のない中高年や少年たちとは違って、この問題は自分自身の生き死にに直結するだけに、手ばなしで興奮ばかりしてはいられないのであった。

その日の夕刊には、第一面トップ左右通しで「帝国・米英に宣戦を布告す」の大見出しの下に、「ハワイ米艦隊に決死的大空襲」「比島、グアム島を空襲」「シンガポールも攻撃」「マレー半島に奇襲上陸」「香港攻撃を開始」の見出し活字が躍り、天皇の宣戦布告の詔書と臨時議会招集の詔書も掲載されていた。

当時の天皇の詔勅(詔書や勅語)は、その権威を示すため、ことさらに難解の漢語や古語が並んでいて、だいたい読む気がしないのだが、なにしろアメリカとイギリスに宣戦布告となれば一大事だから、最初のほうだけは読んだ。

「天佑《テンユウ》ヲ保有シ万世一系《バンセイイッケイ》ノ皇祚《コウソ》（注・皇位）ヲ践《フ》メル大日本帝国天皇ハ昭《アキラカ》ニ忠誠勇武ナル汝有衆《ナンジユウシュウ》（注・おまえたち国民）ニ示ス

朕《チン》（注・天皇の自称）茲《ココ》ニ米国及英国ニ対シテ戦ヲ宣ス朕カ《ママ》陸海将兵ハ全力ヲ奮テ交戦ニ従事シ朕カ《ママ》百僚有司（注・公務員）ハ励精職務ヲ奉行シ朕カ《ママ》衆庶（注・庶民）ハ各々其ノ本分ヲ尽シ億兆一心国家ノ総力ヲ擧ケテ征戦ノ目的ヲ達成スルニ遺算ナカラムコトヲ期セヨ……（後略）」

要するに、米国および英国に宣戦布告したから、忠義で勇敢なおまえたち国民は全力で戦争に従事せよ、ということである。

長ながとつづく詔書の本文は、見なれない漢字がぎっしり並んでいるので、読むのをやめた。

夜が明けて翌日になると、アメリカのような大国と戦争して大丈夫だろうかという前日の不安は吹きとんだ。

朝早くから引っきりなしに、ラジオが「軍艦マーチ」の勇壮なメロディーを鳴らしては大勝利のニュースを報道する。新聞を見ると、「ハワイ・比島に赫々《かっかく》の大戦果」「米海軍に致命的大鉄槌《てっつい》」、「戦艦六隻を轟沈《ごうちん》大破す」、「比島で敵機百を撃墜」などの大きな活字が紙面いっぱいに躍っている。

朝日新聞は、ハワイ真珠湾攻撃について、第一面トップで次のように報じた。

「我が海軍が決行せる大奇襲作戦の成果は、実に戦史に類を見ない赫々たるものであった。戦艦二隻は瞬時に轟沈（原注・轟沈とは一分間以内に沈没すること）、他の四隻は大破し、さらに大型巡洋艦四隻も大破、航空部隊に大打撃を与え、ホノルル沖における航空母艦一隻と合して巨艦の損失は実に十一、ここに米海軍は致命的な損害を負ったものというべく、フィリッピンの敵空軍の壊滅と合わせて、輝かしい戦果はわれらの頭上に燦《さん》として輝いたのである。我に一隻の損害もなく、太平洋を圧する大機動作戦は、世界を驚倒せしめるに足る大成功を収めた」

こうして、ハワイの真珠湾攻撃に始まった日本軍の奇襲攻撃は、この年の十二月から翌年の四月ごろまでつづいた。

十二月十日、マレー沖海戦で英国海軍の戦艦二隻を撃沈。

十二月十日、日本軍、グアム島を占領。

十二月十日、日本軍、フィリピンの北部に上陸。

十二月二十五日、香港の英軍降伏。

一月二日、日本軍、フィリピンのマニラ占領。

一月二十三日、日本軍、ビスマルク諸島のラバウルに上陸。

二月十五日、シンガポールの英軍降伏。

三月一日、日本軍、オランダ領インド（現インドネシア）のジャワ島に上陸。

三月八日、日本軍、ビルマのラングーン（現ヤンゴン）占領。

三月八日、日本軍、ニューギニヤに上陸。

三月九日、ジャワ島のオランダ軍降伏。

四月五日、海軍機動部隊、インド洋に進出、コロンボを空襲。英国海軍の巡洋艦二隻を撃沈。


とくに二月十五日のシンガポール陥落では国民の熱狂は最高潮に達し、三日後の十八日には戦勝第一次祝賀式が全国各地で盛大に開催された。この日の正午、東条首相はラジオの全国放送を通じて次のように演説し、「天皇陛下万歳」の音頭をとった。

「今やシンガポールの陥落により、米英東洋制覇の重要な拠点は我が手に帰し、大東亜建設の基礎はまさに成らんとしております。これひとえに御稜威《みいつ》（注・天皇の威光）の下、わが忠勇無比の陸海将兵よく力戦奮闘し、一億同胞また鉄石の団結をもって挙国邁進《まいしん》したる結果にほかならぬのであります。ここに戦勝第一次祝賀に当たり、謹んで聖寿（注・天皇の寿命）の万歳をことほぎ奉ります。天地も揺らげとばかり御唱和を願います。天皇陛下万歳、万歳、万歳」（朝日新聞、昭和十七年二月十八日の夕刊）

日本軍のシンガポール占領から二ヶ月たらず、日本じゅうが戦勝気分にわいていた昭和十七年四月、わたしは上智大学に入学した。

上智大学はカトリック修道会のひとつ、イエズス会が経営する学校で、国家神道《こっかしんとう》（国家権力の保護によって神社神道と皇室神道が結合して成立した神道）が絶対の当時は、世間の風あたりが強く、学生の人数も予科と本科を合わせて五百名ぐらいしかいなかった。

当時は、中学校だけでなく、大学でも軍事教練が実施されていたので、上智大学にも陸軍省から派遣された「配属将校」と、その下で軍事教練の実技を教える「教練職員」がいたが、上智大学は、この陸軍省に特ににらまれていた。

入学してすぐの軍事教練の時間だったと思う。新入生の靖国神社参拝があった。

このとき、学校を出発するにさきだって一同を整列させた教練職員は、上智の学生には靖国神社にどうしても参拝しなければならない特別の理由がある、と念を押した。

隊列を組んだ制服制帽の新入生約百名は、紀尾井町の大学校舎から三十分ぐらい歩いて、九段の靖国神社に到着した。ところが、社前に整列していよいよ参拝する直前になって、教練職員は全員がそろって「二礼二拍手」で参拝するよう命令した。「二礼二拍手」は、神社の正式な拝礼方式である。

戦場で命を失った人びとへの追悼そのものに異論のあるはずもない。問題は、靖国参拝が神社の宗教儀式かどうかである。多くの日本人は、神社では漠然と頭を下げるので、この点からすれば、靖国参拝も宗教儀式ではない、と言えないこともない。と、無理やり考えることにしていた。だが、神社の拝礼方式である「二礼二拍手」の参拝ならば、神社の宗教儀式以外の何物でもない。

わたしは、みんなと一緒に二礼したが、拍手は打たなかった。見つかったら形だけの拍手を打つつもりではいたが、さいわい教練職員は、みんなの先頭に立って前方を向いていたので、見つからずに済んだ。

このとき、教練職員が念を押した、上智の学生が靖国参拝しなければならない特別の理由とは、十年前の「靖国神社事件」のことであった。

昭和七年（一九三二）、上智に派遣されていた配属将校が、軍事教練の時間に学生を学校から連れ出して、靖国参拝を強行したとき、数名の学生が配属将校の命令を拒否したとして、陸軍省が上智大学をつるしあげた事件である。いわば、現在の「靖国問題」の本質を予告するような事件であった。

昭和の初めに上智大学を襲った「靖国神社事件」のきっかけは、ほんの小さな出来事であった。大学のキューエンブルク師は、次のように述べている。

「一九三二（昭和七）年五月五日、北原大佐は予科二年生六十名を引率して靖国神社に赴いた。その直前、学生数名がホフマン学長に相談に行き、学長より『カトリック信者としてそこへはゆかないほうがよい』という返事を得た。そこで二、三の学生が靖国神社に参拝しなかった。大佐はこの事実を直ちに陸軍省へ報告し、五月七日には学長と、この件について話し合った。

陸軍省が『この学校は国家にとって有害である』と文部省に通告したという情報をわれわれは得た」（上智大学史資料集第三集）

ホフマン学長と北原大佐の会談後、この事件は、学生が靖国参拝の命令を拒否したとして憤慨する陸軍省と、学校の直接の監督官庁である文部省、それに、学校当局の三者間の複雑な交渉に移行して長期化の様相を呈した。

交渉が長期化した根本的な原因は、「神社は宗教か否か」という「神社の本質」を曖昧にしたままで、昭和ヒトケタ後半の昭和六年、満州事変がはじまったころから、伊勢神宮、明治神宮、各地の招魂社《しょうこんしゃ》（東京招魂社が靖国神社）などの国家的神社（現在の言葉では国家神道《こっかしんとう》）に対する学生、生徒、児童の団体参拝を、文部省が推進しはじめた政治情勢にあった。

昭和七年九月二十二日、カトリック教会のシャンボン東京大司教は鳩山文部大臣に対して、学生・生徒・児童の神社参拝は愛国心をあらわすものか、また、もし神社参拝が宗教儀式であれば、カトリック信者としては参拝が困難であるとして、次のように神社参拝の公民的性格に関する公式の説明を求めた。

「拝啓、学校行事トシテ天主公教徒タル学生生徒児童ガ神社並ニ招魂社（注・東京の招魂社が靖国神社）参拝ヲ要求セラルルニ際シテ生ズル困難ニ関シテ閣下ニ数言ヲ呈スルヲ光栄ト致候

日本ノ天主公教徒ノ忠誠及ビ愛国心ニ就テ或ハ天主公教会ガ日本ニ於テモ他ノ諸国ニ於ケルト同ジク正当ナル政府ノ権威ニ対スル衷心ヨリノ尊敬ヲ育成スルニ貢献スル所少カラザル事実ニ就テハ何人モ之ヲ信ジテ疑ハザル所ト存候却《カエ》ッテ上述ノ困難ハ天主公教徒ガ自己ノ信奉スル以外ノ宗教ノ儀式ト同一ノ観アル諸儀式ニ参列スル事ニ対スル良心ノ反対ニ基クモノニ有之候

サレド前記ノ行事ニ参列スルヲ要求セラルル理由ハ言フ迄モナク愛国心ニ関スルモノニシテ宗教ニ関スルモノニアラズト被存候

故ニ若シ彼等ガカカル機会ニ団体トシテ敬礼ニ加ハル事ヲ求メラルルハ偏ニ愛国的意義ヲ有スルモノニシテ豪モ宗教的意義ヲ有スルニ非ザルヲ明ニセラルルナラバ参加ニ関スル吾人ノ困難ハ相当減少スベキ事ヲココニ閣下ニ明言致候

以上申上カタガタ本職ハ重ネテ閣下ニ対シ敬意ヲ表シ候　敬具」（上智大学史資料集）

これに対して九月二十日、文部省の粟屋次官はシャンボン大司教あてに次のように回答した。

「九月二十二日付ヲ以テ御申出ノ学生生徒児童ノ神社参拝ノ件ニ関シテハ左記ノ通リ御承知相成度此段及回答候

記

学生生徒児童ヲ神社ニ参拝セシムルハ教育上ノ理由ニ基クモノニシテ此ノ場合ニ学生生徒児童ノ団体ガ要求セラルル敬礼ハ愛国心ト忠誠心ヲ現ハスモノニ外ナラズ」（雑宗一四〇号、昭和七年九月三十日）

これら公式文書の往復によりカトリック教会は、神社参拝の理由が愛国心のためであり、宗教的意義がないならば、神社参拝の敬礼も許容できると表明し、これに対して文部省は、神社参拝は愛国心をあらわすものに外ならないと返答して、事態は収拾にむかった。

ところが、陸軍省が、単なる愛国心では生ぬるい（日本は特別の国という認識がない）として、「国体《こくたい》」という特殊な政治用語をもち出してきた。

「愛国心」とは、自分の国を愛する純粋で理性的な自然の感情を表す言葉である。

これに対して、「国体」とは、常識的に解釈すれば「国家の体制」のことであるが、満州事変の昭和六年ごろから盛んに使用されるようになったそれは、「日本の国は、天照大神《あまてらすおおみかみ》の子孫の天皇を中心とする神の国である」といった独善的な観念を表す特殊な政治用語であり、国内の反対勢力を言語で攻撃するときに使用された。

十月十四日、陸軍省の意向を受けた読売新聞は、上智大学攻撃の大々的なキャンペーンの火ぶたを切った。

「陸軍省で今春来幹部候補生制度並びに学校の軍事教練の根本的改革を断行すべく研究を重ね、特に従来の学校軍事教練は陸軍の第一目的とする国体観念《こくたいかんねん》の養成の精神訓練が没却《ママ》されているので、大いに日本の国体を基調として精神修養に全力を注ぎ軍事教練の更生策を進めつつあった矢先、カトリック教徒の経営にかかる上智大学の配属将校北原一視大佐が去月、満州事変一周年に際し靖国神社参拝のため学生を引率せんとしたところ、同大学当局は普通の学生は差し支えないが、信者の学生は参拝につれて行かぬようにと、一部学生の靖国神社参拝を拒絶したので、北原大佐は憤慨して陸軍省に報告したので、陸軍省でも重大視し調査したところ、カトリック教経営の暁星中学、海星中学も同様宗教的信仰の立場から生徒に対し明治神宮、靖国神社、伊勢大廟《たいびょう》（注・伊勢神宮）等の礼拝を差し止めている事が判明し、陸軍当局は極度に憤慨してカトリック教は全く我が国体と背馳し、ひいては我が国策を危うくするもので、かかる教徒の経営する学校に軍事教練を施すことは全く無意味なりという結論に達し、今回配属将校の引き揚げを決意するにいたったもので、もし文部省が同意すれば即日にも実行されるはずであるが、その必然的結果として陸軍では右三校の卒業生の幹部候補生資格と在営年限短縮の二大恩典を剥奪するので、三校は非常な痛手をこうむるわけである。

文部省ではカトリック教は絶対に我が国体と背反する宗教にあらず、また上智大学をはじめカトリック教の学校が生徒に対し、生徒として靖国神社その他の神社に参拝する事を禁止するはずはないと主張し、並びにカトリック教徒が信仰の立場から礼拝せぬのは、憲法で宗教の自由を認めている以上やむを得ぬものとしているが、もし陸軍の主張に敗けて配属将校の引き揚げを認めるような結果になれば、文部省は国体背反の学校を認可していたという事になって、ここに重大な責任問題が起こり非常な苦境に陥るであろう。しかし文部当局の意見としては、将校の引き揚げはその学校当局は勿論、他への影響も甚大なので、あくまで引き揚げには同意しかねると反対意見を持っている」(読売新聞、昭和七年十月十四日)

陸軍省の配属将校引き揚げは、単なる脅しではなかった。読売新聞の記事から約二ヶ月後の十二月初旬、陸軍省は上智大学の配属将校、北原大佐を青森連隊区司令官に、暁星中学の配属将校、横山少佐を近衛歩兵四連隊付に異動する人事異動を発表したが、その後任は欠員のままにしたのである。

翌年二月の新聞は、上智大学の学生の動揺を次のように報じている。

「靖国神社参拝拒否から国体観念につき我が大学教育の根本方針に反するものとして陸軍当局の憤激を買い、昨年十二月、配属将校の実質的引き揚げの憂目《うきめ》にあった麹町区上智大学では、このおかげで本年度二十七名の新卒業生も全然就職口がなく、在校生も徴兵猶予その他すべて兵役上の特典を失う事となり、学内は大動揺を来している。同大学には本科、予科両科を合して約二百八十名の在校生が居るが、このうちカトリック教信者は約一割に過ぎず、参拝拒否者も実際はわずか三名なので、一般学生は非常に迷惑し、去る四日、全校学生大会を開いて四十名の真相調査委員を選び、陸軍当局に請願する事となった。(後略)」(中外商業新報、昭和八年二月十日)

このような異常事態は、その年の秋になってようやく今度こそ本当に収拾にむかった。その経過を新聞は次のように報じている。

「上智大学及び暁星中学の両校は、先に陸軍から配属将校を引き揚げられ教練不能となっていたが、その後、本年三月頃から学内の教育方針を改め、去る七月以来、

一、学校当局は、我が国体意識《こくたいいしき》(注・国体を意識すること)を明確にし、教育の根源を教育勅語に置く。

二、神社参拝、祝祭日における儀式等、国民的儀礼に対しては誠心誠意我が国民の観念及び慣習を尊重し、かつこれを実践する。

三、両校は事件の責任者たる職員を罷免、更迭もしくは厳罰に処する。

等の条項をあげて、配属将校の再派遣方申請し、陸軍では現役将校を派遣せば、教練の目的を達成し得るものと認められるに至ったので、近く配属将校を付し、教練を実施することになった」（朝日新聞、昭和八年十一月十四日）

「昨年十二月、陸軍から配属将校を引き揚げられ、軍事教練を中止されていたカトリック教経営の上智大学と暁星中学は、以来深く改悛して教育方針を改め、再三将校の派遣方を願い出て来たので、陸軍でも慎重調査の結果ようやくこれを認め、十二月二十日の定期異動を機会に配属将校が決定され、一年振りでおわびがかなって、両校で再び教練が行われる事になった」（朝日新聞、昭和八年十二月二十日の夕刊）

こうして、昭和七年五月の事件発生以来一年半にも及び、一時は大学の存立を危うくするような（一九三三年末の学生数は二二〇名になった）重大問題にまで発展した「靖国神社事件」は、上智大学が陸軍の横車に全面的に屈服することによって収拾された。

まさに、この「靖国神社事件」は、靖国神社に参拝しなかった学生が数名いたという些細な事件をきっかけにして、国民が「国体」という特殊な政治用語によってねじ伏せられた最初の社会的事件だったのである。

この事件から三年後には、国会議員全員が、この政治用語に同調することになる。

すなわち、昭和十年、貴族院は「政府は国体の本義を明徴にすべし」との「政教刷新建議」を満場一致で可決し、衆議院も「政府は崇高無比なる我が国体と相《あい》いれざる言説に対し直ちに断固たる措置を取るべし」との「国体に関する決議」を満場一致で可決した。

さらに、それから二年後の昭和十二年には、文部省は国体に関する教科書として『国体の本義』を刊行して、約三十万部を全国の学校などに配布した。

そこには、日本は世界無比の深遠宏大な国であり、天皇は崇高無比な現御神《あきつみかみ》であることが、A五判一五六ページにわたって、これでもか、これでもかと書かれていた。

こうして、「国体」というわけのわからない観念に完全に支配された昭和十年代の日本は、昭和十二年には日中戦争、昭和十六年には、その延長線上の日米戦争へと突入し、その結果、三百万の同胞と、その数倍に及ぶ中国ほかアジア諸国民の無残な死という大惨禍をもたらしたのであった。

——おそらく、戦後生まれの世代は、そんな昔のことが現在と何の関係があるのだと、思うであろう。

ところが、これが大ありなのである。

平成十二年六月の衆議院選挙に向けた遊説で、時の総理大臣、自民党総裁の森首相は、「日本の国体をどう守るのか」と演説した（毎日新聞、平成十二年六月四日朝刊）。

さらに、この「国体」発言が各方面から批判されると自民党首脳部はただちに反論した。六月五日の毎日新聞朝刊には、「（批判は）言葉じりをとらえている。（国体は）今の民主主義体制だ」（野中自民党幹事長）や「国体とは国の体制の意味」（亀井自民党政調会長）といった発言が載っている。

そんな子供だましのごまかしで、国民はだませると思われているのだから、国民も甘く見られたものである。森首相の言う「国体」とはどんなものなのか、「国体」発言の半月ほど前に、本人が明確に述べている。

平成十二年五月、森首相は神社本庁《じんじゃほんちょう》（伊勢神宮をはじめ全国大半の神社を包括する宗教法人）の政治団体である神道政治連盟の国会議員懇談会（自民党を中心とする関係議員で組織）であいさつし、「日本は天皇中心の神の国」と発言した（毎日新聞、五月十六日朝刊）。正確には、「日本の国、まさに天皇を中心にしている神の国であるということを、国民の皆さんにしっかりと承知していただく」であるが、その前後の文章をみても、決して言い逃れのきかない、明確な思想の表明であった。

この「日本は天皇中心の神の国」思想は、今から七十年前の昭和七年に、当時の陸軍省が、靖国神社参拝の目的とした「国体」思想そのものであり、「このことを、国民の皆さんにしっかり承知してもらう」発言は、その三年後の昭和十年に、現在の自民党の前身とも言うべき政友会が衆議院に上程して、満場一致で可決した「国体に関する決議」の、「政府は崇高無比なる国体と相《あい》いれざる言説に対して直ちに断固たる措置をとるべし」と同じ、国体思想への国民意識画一化の発想である。

戦前と戦後では、生活スタイルや平均寿命など、社会の表層の現象は革命的に変わった。しかし、政治スタイルの変革はなかった。

戦前の政友会も現在の自民党も、本質的には同じ政治体質の保守政党であり、政友会の「国体思想」も、森首相の「神国日本」発言で明らかなように、そっくり現在の自民党に引き継がれている。

まさに、いわゆる「靖国問題」の本質は、「国体思想」養成を靖国参拝の目的とした戦前の政治を継承する、現在の自民党の政治体質の問題なのである。

さて、アメリカ・イギリスに宣戦布告した日米戦争の戦局に話を戻すと、昭和十六年十二月八日、ハワイの真珠湾を奇襲攻撃して、アメリカ太平洋艦隊に大打撃を与えてから半年間の日本軍の活躍はめざましく、海軍は、太平洋、オホーツク海、日本海、東シナ海、南シナ海、ボルネオ海、セレベス海、ジャワ海、アラフラ海、サンゴ海さらにはインド洋にまで進出し、陸軍は、香港、マニラ、シンガポール、ラングーン(現・ヤンゴン)を占領、ビスマルク諸島、ジャワ島、ニューギニアなどに上陸して、快進撃をつづけた。

しかし、アメリカ、イギリス、オランダの戦争準備が整わないうちに攻撃する、これら奇襲作戦の成功も終わる時が来た。日米の形勢が逆転する転換点となったといわれるミッドウェー海戦である。日米開戦から七ヶ月後の昭和十七年六月、双方とも十分に準備した、日本海軍の連合艦隊とアメリカ海軍の太平洋艦隊は、中部太平洋のミッドウェー島付近で、はじめて大艦隊による本格的な正々堂々の海戦を戦い、日本海軍は、これに完敗したのである。

このミッドウェー海戦についても、ラジオは、勝利のときのテーマ曲である『軍艦マーチ』の鳴り物入りで、「大本営発表《だいほんえい》」（大本営は天皇直属の最高統帥機関）の戦果を放送し、新聞はそれに輪をかけた大勝利の粉飾記事を書き、緒戦の連戦連勝に慣れていた国民は、新たな勝利を疑わなかった。

大本営発表を要約すると、ミッドウェー海戦の戦果は、「日本海軍は、航空母艦二隻を撃沈し、航空母艦一隻を撃沈された」であり、新聞は「太平洋の戦局この一戦に決す」の大見出しで、「今次の一戦において、米航空母艦勢力をほとんどゼロならしめ……敵艦隊を捕捉撃滅したことは、今後の憂いを絶った……」と書いた。（昭和十七年六月十一日、朝日）

ところが、戦後になって判明した真相によれば、撃沈された航空母艦は、米国側の一隻に対して日本側は四隻だったのである。日本海軍の勝利どころか、大敗北であり、航空母艦勢力がほとんどゼロになったのは、米国海軍ではなく、日本海軍であった。

この敗戦により、緒戦における日本海軍の勝利は一挙に吹きとんで、それ以後、太平洋全域の制海権と制空権は、次第に米国海軍に移っていった。しかし、当時の日本国民は、それを知らなかった。

海ゆかば水づく屍

わたしが上智大学に入学した当時、陸軍省から上智に派遣されていた配属将校は、いつも不機嫌そうな五十歳ぐらいの陸軍大佐であった。

配属将校の任務は、学生に軍事教練を教えることだが、実際には学校が雇った「教練職員」が、それを代行していたので、この配属将校は、何をしているのかよくわからない、異分子的な浮いた存在であり、陸軍省が上智大学の教育方針を監視するために送りこんだ目付け役という噂が、もっぱらであった。

この老(?)大佐は、いつも難しい顔をして反っくり返っていたが、大佐という階級の偉さ加減を知らない学生たちはぜんぜん平気で、めったに出会わない大佐のすがたをたまに見かけても、軍隊式の挙手の敬礼をしないで、帽子を取ってお辞儀をしたりしていた。

陸軍大佐がどんなに偉い存在かをわたしが知ったのは、その後の学徒出陣で軍隊に入隊してからであった。軍隊内で大佐といえば、何千人もの部下に君臨する連隊長であり、出会ったときは停止敬礼(立ち止まって直立不動の姿勢で敬礼する)しなければならない存在だったのである。

あるとき、軍事教練の学課の時間に、配属将校が学生を講堂に集めて、学校の教育方針をこっぴどく非難したことがあった。内容は要するに、学校も学生も精神がたるんでいるということであった。

学生がたるんでいると言うのは、学生の敬礼が成っていないことだったが、学校がたるんでいると言うには、次のような出来事があった。

それはこんなことだった。ある朝、配属将校がいつもより早く登校したところ、あいにく学校の正面玄関の扉が、開いていなかった。そこで裏門にまわって構内に入った彼は、学校とは別棟の聖堂のなかに入ってきて、朝のお祈りのためその場に居た神父たちに、

「総長いるか!」と、どなったというのである。

配属将校は、裏門から入ったことについては何も話さなかったが、正面玄関があいていなかったことについて、大学当局を口を極めて罵倒した。

「学校の正面玄関は学校の顔である。ところが、上智の玄関はたいがい半びらきのだらしない状態になっている。精神がたるんでいる証拠だ。だから、扉をあけるのも忘れるのだ」というのが、彼の言い分であった。

こんなふうで、この配属将校は、事あるごとに大学の総長に突っかかっていき、「こんな学校は、すぐにでも潰《つぶ》せますぞ」と豪語していたという。だが、配属将校の背後に居る陸軍省の問答無用の

横車にこりごりしている大学当局は、なにも言い返すことができなかった。

さらに、配属将校は「教練判定」という伝家の宝刀を持っていた。

戦前の男子には、兵役の義務があったが、中学校卒業以上の者は、陸軍入隊後に幹部候補生の試験を受ける資格があった。この試験に合格すると、下級将校に昇進できる「甲種幹部候補生」、あるいは下士官になれる「乙種幹部候補生」に登用されるが、この試験の参考資料として、出身学校の配属将校から各人の入隊部隊に送られる「教練判定」が、重要視されたのである。

配属将校の「教練判定」は、「将校適任」、「下士官適任」と「幹部不適任」の三つに分かれていた。判定の表向きの対象は学校教練の成績だが、個人の思想・信条の調査も兼ねていると言われ、キリスト教経営の学校の学生は、極めて不利な扱いをうけていた。

なかでも、「靖国神社事件」で陸軍からにらまれていた上智大学の学生には、「将校適任」の判定は出ないというのが当時の定説であり、とくにカトリック学生の氏名は配属将校のブラックリストに載っていて、どんなに教練の成績が良くても、「幹部不適任」に判定されると言われていた。

こうして、わたしの場合は、「幹部不適任」の判定がはじめから確定的だったが、もともと下級将校などになりたいとも思っていないので、〈ただの兵隊で結構〉と高《たか》をくっていた。

それでも、幹部候補生の採用は、配属将校の「教練判定」だけで決まるわけではない、と言って熱心に試験勉強をする素直な学生も居た。なにを勉強するのかというと、「軍人勅諭《ぐんじんちょくゆ》」の暗記である。幹部候補生試験では、軍人勅諭を暗記しているかどうかが最重要視される、と言われていたのである。

「軍人勅諭」とは、明治天皇の名で発せられた、軍人に対する訓示だが、その決定的な重要性は、日本の軍隊を天皇の軍隊であるとし、軍隊の統率は天皇がみずから当たるとの原則を宣言したことであった。

この原則の宣言こそ、統帥権（軍隊を指揮命令する軍令権）が政府や議会から独立するという、いわゆる「統帥権の独立」を天皇の名によって宣言したもので、大日本帝国憲法第十一条の「天皇ハ陸海軍ヲ統帥ス」の規程とともに「軍国日本」暴走の原動力となった。

もっとも、わたしが軍人勅諭のこのような重要性を知ったのは、戦後になってからのことであった。当時の学生にとっての「軍人勅諭」は、陸軍の幹部候補生試験に合格したいならば、何が何でも暗記しなければならない厄介《やっかい》な代物《しろもの》である反面、暗記しさえすれば、幹部候補生試験合格の切り札ともなる有り難い代物でもあった。

ところが、それは見たこともない難しい漢字を使用して、読みにくい古代の和文体に文章化した全文約三千字と言われる長文であり、難しい言葉に関する解釈はどこにもなかった。陸軍の要求は、その内容や言葉の意味ではなく、とにかく一字一句そのとおり丸暗記することだったのである。

全文の構成は、「我が国の軍隊は、世々《よよ》天皇の統率し給ふ所にぞある。昔神武《じんむ》天皇躬《み》づから大伴《おおとも》物部《もののべ》の兵《つわもの》どもを率い、中国《なかつくに》のまつろはぬものどもを討《う》ち平《たいら》げ給ひ、高御座《たかみくら》に即《つ》かせられて天下《あめのした》しろしめし給ひしより、二千五百有余年を経ぬ」からはじまって、日本の軍隊は、むかしから天皇の軍隊である旨を長ながと述べる前文と、軍人が守るべき徳目を忠節、礼儀、武勇、信義、質素の五つとする本文から成っていた。

わたしは、はじめから幹部候補生試験に合格したいとも思っていないし、第一、こんな古くさくて冗長な得体《えたい》の知れない難文を、暗記どころか読むのさえバカバカしくて、「軍人勅諭」の文章が載っている受験参考書を買いもしなかった。

それでも、出だし部分の「我が国の軍隊は、よよ天皇の統率し給う所にぞある」ぐらいと、五つの徳目を箇条書きにした「勅諭五箇条」は、聞き覚えで暗記していた。

一《ひとつ》、軍人は忠節を尽すを本分とすべし
一《ひとつ》、軍人は礼儀を正しくすべし
一《ひとつ》、軍人は武勇を尚《とうと》ぶべし

一《ひとつ》、軍人は信義を重んずべし
一《ひとつ》、軍人は質素を旨とすべし

この五箇条だけは、ただの兵隊でも一字一句正確に暗唱できないと、軍隊では殴られると言われていた。

大学の講義は、習志野《ならしの》練兵場や富士の裾野の演習場での軍事教練、農村や軍需工場での勤労奉仕のため、リズムが乱れがちで、とても落ち着いて勉強できる環境ではなかった。

学生の勤労奉仕は、昭和十六年十二月から施行された、学徒（学生、生徒）と一般国民（男子、十四歳から四十歳、未婚女子、十四歳から二十五歳）に対する国民勤労報国協力令によって、法制化されていた。

もっとも、「勤労奉仕」といわれていたころは、実際の生産性は二の次で、精神訓練の意味合いが強かったが、昭和十八年六月に学徒戦時動員体制確立要綱が閣議決定されて、それまでの形式的な「勤労奉仕」から本格的な「学徒動員」へと転換してからは、学生の労働力も実際の生産力に組みこまれるようになり、学生は、学校に通うよりも工場に通うようになってきた。

上智大学はヨーロッパのドイツ管区のイエズス会によって創立されたため、当時はドイツ人の教授が多いことで知られていたので、わたしはドイツ語とドイツ経済学を勉強するつもりだったが、結局は両方とも物《もの》にできなかった。ただ一つはっきり記憶しているのは、「経済力の大差から判断して、ドイツはアメリカ・イギリスとの戦争に負ける」と断言したドイツ人教授の言葉である。

そのころ、日本とドイツは同盟国であり、日本がアジア・太平洋戦線で、アメリカ・イギリスと戦っているのに対して、ドイツはヨーロッパ戦線で、イギリス・アメリカそれにソ連（現ロシア）と戦争をしていた。

さすがに、教授は日本も負けるとは言わなかったが、経済力の大差を判断基準とすれば、日本もアメリカ・イギリスに負けるはずだった。それでもなお、わたしたち学生は「確かに、日本はアメリカ・イギリスに勝てないかもしれないけれど、絶対に降伏しないから負けることはない」と言っていた。勝ちも負けもしないで、どうなるのかと訊かれれば、それはわからなかった。

気の合う連中が、顔をそろえたときなどは、四谷見附《よつやみつけ》交差点の本塩町《ほんしおちょう》がわに在った喫茶店で、大豆を焦がした代用コーヒー（砂糖はもちろんない）を飲みながらだべることもあった。そのころ評判になっていたフランスの詩人ヴァレリーの詩や評論が、話題になることが多かった。

一度だけ三、四人の友人と新宿の「純喫茶」に遠征したことがある。「純喫茶」とは、ふつうの喫茶店にくらべて、コーヒー代はすこし高いけれど、ウェートレスがレコードをかけてくれたり、話し相手になってくれる喫茶店であった。

その日は、ウィークデイのせいか店はすいていた。

ところが、席に座ってコーヒーの注文をすませるまもなく、わたしたちを追いかけるようにして、店に入ってきた二人の柄《がら》の悪い男が、近づいてきた。

〈どういうつもりだ?〉と思っていると、若いほうの男が、

「学生証を見せろ!」

と言って、じろりとみんなをにらんだ。低い声だが、眼付きが鋭い。やっぱり警察の私服刑事だったのである。

当時の学生は、外出するときでも制服制帽だから、学生であることはすぐにわかる。

あわてて席から立ちあがって、おそるおそる学生証を差し出す。

刑事はみんなの学生証を手にとってひととおり目を通すと、年配のほうの刑事に手渡した。

年配のほうの刑事は、無言のまま学生証とみんなの顔を、探るような眼で一人一人じっくり見くらべる。

〈学生証を取りあげられるのでは〉と心配になったが、それは返してくれた。

ずいぶん長く感じたけれど、実際はそれほど長い時間ではなかったらしい。

刑事は一人一人に学生証を返したのち、あらためて、みんなを威嚇的な眼付きでにらみつけてから、

「よし！　帰れ！」

と言って、あごをしゃくった。

こうして、わたしたちは無事に店から引きあげることができたけれど、刑事たちの虫の居どころが悪かったら、どうなっていたかわからない。

そのころは、「学生狩り」という言葉があり、学生たちは盛り場の飲食店街を歩いているというだけで、警察や憲兵に検挙されることがすくなくなかった。「現下の非常時局を認識せず、学業をなげやりにして、不良行為にふける者がすくなくない」が、警察の口実であった。

その後、新宿に関する物騒な口コミ情報を耳にした。中村屋（現在の中村屋と同じ）の前に、あんみつ蜜（当時の唯一の甘い物）を食べるために並んだ行列のなかに居た数人の大学生が、不意にトラックで乗り付けた憲兵に連行されて、そのまま懲罰召集（懲罰のため軍隊に召集）され、戦地に送られたという情報である。それからは、新宿遠征はやめにした。

日米海軍がはじめて正面からぶつかりあったミッドウェー海戦の勝利（実は敗北）につづいて、陸軍は南太平洋戦線ソロモン諸島のガダルカナル島攻防戦（昭和十七年八月―同十八年二月）において、はじめて本格的にアメリカ軍と戦って、戦死者二万五千人（大本営の発表でさえ、一六、七三四名）の大敗北をきっしたすえに同島を撤退した。

ところが、大本営は、この撤退を新作戦のための「転進《てんしん》」と発表して、敗北を伝えなかった。この「転進」という言葉は、それまでに聞いたことのない新語であった。

昭和十八年二月九日の大本営発表で、ガダルカナル島に関連する部分は、次のようなものである。

「一、南太平洋方面帝国陸海軍部隊は昨年夏以来、有力なる一部を遠く挺進《ていしん》せしめ、敵の強力なる反抗を破砕しつつ其の掩護下に、ソロモン群島の要線に戦略的根拠を設定中のところ、すでにおおむねこれを完了し、ここに新作戦遂行の基礎を確立せり。

二、右掩護部隊としてソロモン群島のガダルカナル島に作戦中の部隊は、昨年八月以降引き続き上陸せる優勢なる敵軍を同島の一角に圧迫し、激戦敢闘よく敵戦力を撃砕（注・うちくだく）しつつありしが、其の目的を達成せるにより二月上旬同島を撤し、他に転進せしめられたり。我は終始敵に強圧を加え、これを慴伏《しょうふく》（注・恐れてひれ伏すこと）せしめたる結果、部隊の転進は極めて整斉確実に行われたり」

この「転進」という新語は、敗戦による退却を他方面への前進と言いつくろうために、大本営が考え出した造語であった。だが、ミッドウェーのときは、すっかりだまされた国民も、ガダルカナルのときはだまされなかった。「転進」という怪《あや》しげな造語に、国民は大本営のごまかしを直感したのである。学生たちもみんな「転進とは退却のことさ」と言っていた。

それでもなお、大多数の国民は、ガダルカナル島は赤道を越えてはるか南方のソロモン群島の小さな島だし（本当は大きな島）、そこで負けて退却しても、大局には影響はないだろうぐらいに簡単に考えていた。

ところが、このガダルカナル島に有力な反抗拠点を確立した米軍は、それからのち、広大な太平洋上の島々に分散し、制海権も制空権も奪われて孤立している日本軍の前線基地を、飛び石づたいに次つぎと攻略する「蛙《かえる》とび作戦」により日本本土をめざして北上をつづけ、日本軍は、勝算がほとんど皆無の敗戦の道をたどることになる。

南太平洋戦線ガダルカナル島の「転進」から三ヶ月後の昭和十八年五月三十日、それまでの勇壮活発な『軍艦マーチ』のテーマ曲に替って、荘重で重苦しい『海ゆかば』のメロディーが突如としてラジオから流れ、寝耳に水の国民は、またもや「玉砕《ぎょくさい》」という耳なれない新語を聞かされた。

それは、北太平洋アリューシャン列島の米国領アッツ島を占領していた、日本軍守備隊の全滅を伝える大本営発表の臨時ニュースであった。

「大本営発表、五月三十日十七時。アッツ島守備部隊は五月十二日以来極めて困難なる状況下に寡兵《かへい》よく優勢なる敵に対し血戦継続中のところ、五月二十九日夜、敵主力部隊に対し最後の鉄槌《てっつい》を下し皇軍《こうぐん》の神髄を発揮せんと決意し、全力を挙げて壮烈なる攻撃を敢行せり。爾後《じご》、通信全く途絶《とぜつ》、全員玉砕せるものと認む。傷病者にして攻撃に参加し得ざるものは、これに先だちことごとく自決せり。我が守備部隊は二千数百名にして部隊長は陸軍大佐山崎保代なり」

このように、北太平洋さいはての孤立無援の離島・アッツ島占領の代償は、守備隊の全滅であった。

しかし、全滅の言葉を使えば、南太平洋で大苦戦をしているこの時期に、何のために制海権も制空権もない北海の孤島に、守備隊を駐屯させていたのかという作戦上の大失敗が、国民に知られることになる。

そこで、大本営が取ったメディア作戦が、全滅の惨たんたる現実を、武士道的な「死の美化」にすり替えることであり、そのための手段が、死の美意識を高揚させる「海ゆかば水《み》づく屍《かばね》」の荘重なメロディーを、全滅を伝えるニュースのテーマ曲に採用することと、全滅という言葉を中国の古書から探してきた「玉砕《ぎょくさい》」にすり替えることであった。「玉砕」とは、「玉が砕けるように美しく死ぬ」という意味である。

このメディア作戦は、みごとに成功した。新聞各紙が軍事作戦上の大疑問については一言も触れずに、先を争って大本営のお先棒をかついだからである。

翌日の新聞は、死を美化し、「玉砕」を肯定礼賛する記事のオンパレードであった。その一部を引用する。

「絶海の孤島に死闘すること十八日、部隊二千数百名のうち生き残るもの二十八日に至って僅か百数十名、二十九日夜、部隊長山崎保代大佐以下全将兵、敵の大軍を前にして玉砕を決意し、傷つける者、病める者は従容《しょうよう》自決（注・落ち着きはらって自殺）、全員ことごとく部隊長とともに大軍の真只中《まっただなか》に躍り入って玉砕す――何たる壮烈、何たる厳粛さであろうか。……」（朝日新聞、五月三十一日）

「アッツ島の全将兵ついに玉砕す！何たる壮烈だ。一兵だに存する限り、その地その陣地は断じて敵に渡さぬというのが帝国陸軍建軍の精神であり、今こそアッツ島守備部隊はこの皇軍《こうぐん》（注・天皇の軍隊）伝統の精神を遺憾なく発揮したものであって、まさに神兵の姿であり、三千年来、神州

の国土に培った大和魂《やまとだましい》の時を得ての華々しき炸裂であった。……」（毎日新聞、五月三十一日）
「生きて大和《やまと》武士の花と咲き、死して護国の鬼と化したアッツ島守備隊、嗚呼崇高、壮烈、何の辞をもってその忠誠武威をたたえんか、山崎部隊長以下二千数百名の勇士らが五体は北海の絶島に草むす屍《かばね》と化すとも、ここに炳《へい》として（注・光り輝いて）死せざるものあり、そは身をもって祖国を護った烈々鬼神も哭《な》く「皇軍魂《こうぐんだましい》」（注・天皇の軍人の精神力）である」（朝日新聞、五月三十一日の夕刊）

メディアの影響力は今も昔も絶大であり、従ってその責任は重大である。新聞各紙が、本職の軍事作戦で米軍に完敗した大本営の国内メディア作戦のお先棒をかついで、無策無能な「玉砕」作戦を礼賛扇動するアジ報道に走った結果、アッツ島の先例からのち、太平洋上の島々に置き去りにされている、同じような境遇の日本軍守備隊には、玉砕の道しかなかった。

アッツ島の玉砕以降、『海ゆかば』の荘重な重苦しいテーマ曲とともに伝えられた、孤立無援の日本軍守備隊玉砕の報道は、おもなところだけでも、南太平洋マキン・タラワ島の五千四百名（昭和十八年十一月）、中部太平洋クェゼリン・ルオット島の六千八百名（昭和十九年二月）などである。

そして、昭和十九年七月には、太平洋上の最重要拠点であるサイパン島が陥落し、約三万人の守備隊が全滅、約一万人の日本人住民が死亡し、昭和二十年三月には約二万人の硫黄島守備隊、引きつづき六月には約九万人の沖縄本島守備隊が全滅、約十万人の沖縄県民が戦死するまで、太平洋上の島々に孤立していた日本軍守備隊の玉砕はつづいた。

ただし、わたしは、昭和十八年十二月の「学徒出陣」で軍隊に入隊して、新聞・ラジオから完全に隔離されたので、敗色濃厚の昭和十九年以降、ますますエスカレートした、新聞・ラジオの扇動的な玉砕報道にうなされずに済んだのは、運がよかったと言えよう。

敗戦が決定的になってきた日米戦争後半期に、大本営の戦争指導者が、次つぎに玉砕する日本軍守備隊の葬送曲として取りあげた、『海ゆかば』の美しいメロディーと死の美学を意識させる歌詞が、当時の若者の純粋な感情に与えた精神作用は大きかった。

海行《ゆ》かば　水漬《みづ》く屍《かばね》
山行かば　草生《む》す屍
大君《おおぎみ》の辺《へ》にこそ死なめ
顧《かえり》みはせじ

まず、「大君の辺にこそ死なめ」――天皇陛下のために死のう――という歌詞は、若者達に、天皇のため喜んで死んでもらいたい戦争指導者にとって、願ってもない歌詞であることは言うまでもない。

しかし、若者のほうは、天皇のための死を押しつける「大君の辺にこそ死なめ」には、口にこそ出さない違和感があり、「水漬く屍」「草むす屍」も、なるべく聞き流したい歌詞であった。

若者たちが感情を動かされた歌詞は、「海行かば」「山行かば」であり、「死なめ顧みはせじ」であった。

「死なめ顧みはせじ」には、「武士道というは死ぬ事と見つけたり」（佐賀鍋島藩の武士の修養書、『葉隠《はがくれ》』の有名な一節）とおなじ、「死の美意識」の美学があるが、平均的な若者には強烈すぎた。

大多数の若者が、こころ惹かれたのは、「海行かば」「山行かば」であった。「海行かば」「山行かば」には、どこか遠くへ行ってしまいたい漂泊へのあこがれがあり、「人生五十年は昔のことで、今の若者は、人生二十五年が宿命」という、「死の宿命」のあきらめがあった。

たとえば、アッツ島の玉砕が報じられたころのわたしは、遠からず兵隊に取られることは確実であり、それは死を意味した。

だから、それまでに、「死の覚悟」を決めておこうと思い、それらしい本を探したり、死ぬということはどういうことなのか、ひとり静座して考えたりしたが、これがさっぱり効果がなかった。結局、人は誰でも、死ぬ時はいやおうなしに死んでいくものだといった、あやふやな覚悟や、遠く離れた海のかなたには、美しい死に場所が有りはしないだろうかといった、取りとめのない空想しか浮かんでこなかった。

戦後ずっとたって、人間は「生の本能」(保存傾向)と「死の本能」(安定傾向)が分裂状態になっていて、外界から良い刺激が与えられると、「生の本能」的になり、悪い刺激が与えられると、「死の本能」的になる、とする「生死両本能説」を、精神分析学を創始したフロイトが発表している、という記事を何かの雑誌で読んだことがあるが、日米戦争後半期のころに、わたしたち若者に与えられた社会的ストレスは、最高に悪い刺激だった。たしかに、あのころのわたしは、フロイトの言う「死の本能」的になっていた、と思う。

当時、大学のわたしたちのクラスには四十人ぐらいの学生がいて、そのうちの十人ぐらいの仲間で、各人が持ち寄ったペン書きの作品を綴じて回覧していたので、わたしは、『海のかなた』という題の詩を投稿した。

それは、ドイツの詩人カール・ブッセの「山のあなたの空遠く幸《さいわい》い住むと人の言う」ではないが、南太平洋のかなたの空遠く夜空いちめんにきらめく星の下に、誰のためでもない、自分のための美しい死に場所を空想し、戦場に放置されている「水づく屍」の見るも無残な「現実の死」から逃避して、永遠に光り輝く星星のなかの美しい「観念の死」を夢見る内容であり、わたしにとっての『海ゆかば』であった。いまから考えると、それはまさに、こころのやすらぎを求める「死の本能」のあらわれであったように思う。

五十年以上たっているので、表現はよく憶えていないが、だいたい次のような内容であった。

「海のかなた」

夏の夜更けの海岸に
死の問題を意識して
重いこころでたたずめば

誰もいない夜の海
果てなくつづく黒い海
はるかかなたの南の海に

赤星黄星青い星
夜空いちめん星星が
きらきらきらときらめいて
天地創造星空の壮麗さ

きらきらきらきら
赤星黄星青い星
無辺の宇宙の無数の星が
千億光年のかなたから
無限の時間を伝えてる

学徒出陣

アッツ島の玉砕から四ヵ月後の昭和十八年九月二十二日、政府は法・文・経の学生に対する徴兵猶予の停止案を発表し、十月二日に正式決定した。理科および教員養成を除く文科系の高等教育諸学校の学徒（学生・生徒）に対する徴兵猶予を停止し、徴兵年齢（二十歳）以上の全員に対して臨時の徴兵検査を実施して、一斉に軍隊に徴集する非常措置であった。いわゆる、第一回の「学徒出陣」である。

出陣することになった学徒は、それぞれの郷里に帰って徴兵検査を受け、陸軍は十二月一日、海軍は十二月九日と十日に入隊した。その総数は推定で約十三万人といわれ、その多くが再び生きて戻ることはなかったが、戦没学生の数は、いまだに定かでない。

政府・文部省は出陣学徒の実態について、利用するだけ利用したあとは知らん顔をきめこんでいるが、このとき学徒兵として出陣した安田武が、民間人として可能なかぎりの資料を分析して「第一回の出陣学徒は、大正九年から十二年生まれまでの世代によってほゞ占められ、特に十年、十一年生まれが大多数を占めていた」と推測していて（安田武『学徒出陣』）、これが現在の定説になっている。大正十一年（一九二二年）生まれのわたしは、この大多数派に入ることになる。

教育学者の安川寿之輔は、『十五年戦争と教育』のなかで、一九一一年から二六年生まれまでの戦没学生の遺稿集『きけわだつみのこえ』に収録されている全遺稿を出生年順に並べ直して、マルクス主義思想残光期のａ「前わだつみ世代」（一九一一〜一九年生まれ）、ｂ「わだつみ世代・自由主義思想残光期」（一九二〇〜二二生まれ）、ｃ「わだつみ世代・自由主義思想消失期」（一九二三〜二五年生まれ）、軍国主義で純粋培養されたｄ［少国民世代］（一九二六年以降生まれ）の四世代に区分して、その思想の推移を考察しているが、第一回出陣学徒の大多数を占める世代は、まさにこの「わだつみ世代・自由主義思想残光期」の世代に該当する。

安川寿之輔は、この世代の思想傾向を次のように書いている。

〝他の世代と異なり、「自由主義こそ合理的」で「人間の本性に合った自然な主義」などという手記のみられる「わだつみ世代・自由主義思想残光期」の学生兵たちは、「マルキシズムに直接触れるにはおくれて来た」世代として、体制認識（国家と社会を相対化して認識する）は、前わだつみ世代より半減している。また、小学校から中学校在学中に、全員が満州事変、五・一五事件、二・二六事件、日中戦争を経験している彼らにおいては、軍隊批判意識も前世代の学生兵の三分の一以下に急減している。それにかわって、約三分の一が特攻隊や人間魚雷による死を強制された彼らは、否応なく「国家のために」死ぬ境涯に遭遇した初めての世代となる。そのため、自由主義思想と国家主義思想の分裂・かっとうに悩み、また戦争目的がわからないと悩みながら、次第に「国家のために」死ぬ運命の受容に傾きはじめていくのである〟（安川寿之輔『十五年戦争と教育』）

また、この世代は、当時の文部省による天皇神格化教育によって最も強いストレスを受けた世代でもあった。

昭和十二年（一九三七）三月、文部省は中等学校以上においても、小学校と同様に天皇制教育を実施することを決定するとともに、同年五月には天皇神格化の国定教科書として『国体《こくたい》の本義』を刊行し、そのなかで「天皇は現御神《あきつみかみ》である」と正式に宣言する。

この学校教育の大転換は、陸軍や警察の後押しを受けた文部省の強力な権力統制によって、昭和十三・四年ごろから全国の中等学校で実施されることになる。

この大変化の時期に、第一回出陣学徒の大多数を占める「自由主義思想残光期」の世代（大正十年〜十一年生まれ）は、中学校の上級生だった。すでに中学校を卒業していた「前わだつみ世代」や社会認識がまだ形成されていない中学校の下級生だった「自由主義思想消失期」の世代、社会認識が白紙状態の小学生だった「少国民世代」にくらべて、一応の、社会認識が形成されている中学上級生にとって、それまでの「自由と合理性」にもとづく科学的な教育から、雲をつかむような無内容の非科学的な天皇神格化教育への転換は、大きなストレスであった。

とくに、文部省による天皇＝現御神の強要には違和感が強かった。人間を神と言うのは、誰だって抵抗を感じ、矛盾を感ずる。

しかし、これら人間本来の自然な意識も、警察が乱用する不敬罪や治安維持法による思想・言論の弾圧のため、個人個人に封じこめられ、各個ばらばらに分断されて、国民の意識として表現、成長させることができなかった。

日本人論の評論家として知られる山本七平《やまもとしちへい》（大正十年生まれ）は、このような金縛《かなしば》り状態を「現人神の呪縛《じゅばく》」と命名して、次のように書いている。

〝戦時中のさまざまな手記、また戦没学生の手紙などを読むと、その背後にあるものは、自分ではどうにもできないある種の「呪縛」である。その呪縛に、それを呪縛と感じないほどに拘束され切っている者はむしろ少なく、それに抵抗を感じ、何やら強い矛盾を感じつつもそれをどうすることもできず、肯定もしきれず否定もしきれず、抵抗しつつそれを脱し得ないという姿である〟（『現人神の創作者たち』一九八三年）

徴兵猶予停止案が発表された九月二十二日からしばらくした十月の初旬、かねて予定されていた日程どおり、富士の裾野の陸軍演習場で野外演習があり、その日は廠舎《しょうしゃ》（軍隊が演習先で宿泊するための簡単な兵舎）に宿泊した。人数は百人ぐらいだったように思う。

厰舎に宿泊する目的は、野外演習だけではなく、規則正しい兵営生活をわずかでも体験することであり、それは、朝は時間どおり起床し、夜も時間どおり消灯して、消灯後は厰舎から外へ出ないことだった。

消灯後に厰舎の外に出てはいけない意味は、その後わたしが軍隊に入隊してからわかった。日本の軍隊では、新兵が消灯後の寝静まったころを見はからって脱柵《だっさく》（塀を乗り越えて脱走）しようとする脱走さわぎがけっこう多かったのである。

富士の厰舎は、広大な演習場の片隅に建っている、数棟の横に長い木造のバラックだった。屋内は、真ん中が土間で、それをはさんで両側に、寝る場所の床があり、ござが敷いてあった。照明は、屋根裏の所どころから薄暗い電灯が、ぶらさがっているだけだった、と思う。

それまでも、富士演習場の厰舎には、何度か宿泊したことがあるけれど、いつも教練職員の指示どおりに、消灯後に厰舎の外に出たことはなかった。しかし、その夜は消灯時刻が過ぎても、とても屋内でおとなしくしている気持ちにはなれなかった。

おなじく、おとなしくなれない二、三人と連れだって外へ出た。厰舎の外は、すぐに広場になっている。照明は無いが、暗闇にただようかすかな白っぽさのなかを、黒い影が幾つか動きまわっていた。よく見ると、黒い影は辺《あた》りに散乱している木切れを拾い集めている。わたしたちも、その仲間に入った。仲間は十人ぐらいだった。

誰かが木切れに火をつけた。暗やみのなかに赤い炎《ほのお》が燃えあがる。今まで何事も命令されるままに唯々諾々として従ってきたことが、腹だたしく思えてきた。

この時期、戦局は急速に悪化し、増大する兵力の消耗を補充するために、緊急に非常措置が必要なことは理解できたし、同年輩の若者がどんどん戦地に出征するなかで、学生だけは兵役を猶予されていることも、肩身の狭いことではあった。しかし、つい最近までは「学生狩り」と称して、学生を邪魔者あつかいしてきた政府が、今度は一転して「学徒出陣」などと、時代がかった掛け声でおだてあげて、死地におもむかせようとする。戦争指導者の腹のうちが見え見えなのである。

——この燃えあがる炎こそ、若者の人格を軽視する専横な命令者たちに、「一寸の虫にも五分《ぶ》の魂」があることを知らせる狼煙《のろし》の火だ。

最初はそのように意気ごんだ。しかし、しばらくその火を見つめているうちに、一つひとつの木切れの赤い炎が、燃えつきては暗やみのなかに消えてゆく、その現象が、そこに居る一人ひとりの生命が燃えあがっては、すぐに消滅してゆく有様を象徴しているように見えてくるのであった。

ただそれだけのことだった。しかし、富士演習場から帰った後で、教練職員から野外演習の報告をうけた配属将校は、消灯後の焚き火を問題にした。と、いうのは、以前に他の大学でも同様の事件があり、そのときは、火の粉が風にあおられて廠舎の建物に飛び火しそうになったとかで、陸軍が神経をとがらせていたのである。

配属将校は、さっそく学校当局に関係学生の厳重処分を申しいれた。だが、学校当局は何の処分もしなかった。学業を捨てて軍隊に入隊するのが目前の学生を、処分するに忍びなかったのであろう。それならばと、配属将校は軍事教練の停学を命令した。

わたしは、大嫌いな軍事教練に出なくてもいいことになったので、かえって喜んだ。しかし、これで配属将校の「教練判定」は、「幹部不適任」に確定した。配属将校が、あと数回しか残っていない軍事教練の停学を申し渡したのは、そういう意味だったのである。

それから二週間ぐらい後の十月二十一日に、文部省主催の「出陣学徒壮行会」が明治神宮外苑陸上競技場（現、国立競技場）でおこなわれることになった。その前日、小銃と銃剣を自宅あるいは下宿に持ち帰るために、出陣学徒の該当者が集められて、「教練停学の学生も壮行会に参加してよい」という配属将校の伝言が伝えられたけれど、わたしは、〈誰が出てやるものか〉と思って、ことわった。いまさら壮行会に参加したからといって、「教練判定」が変更されるものでもなかった。

「文部省主催出陣学徒壮行会」の当日は雨天だったが、制服制帽にゲートルを巻き、剣つき銃を肩にした出陣学徒が冷雨のなか泥水をはねあげて分列行進する足音に、スタンドを埋めつくした見送りの人びとの歓声、拍手が重なり、競技場は熱狂の坩堝《るつぼ》と化した、という。この壮行会に参加した出陣学徒の人数は、軍事機密として公表されなかったが、約三万人と推測されている。

当日の夕刊（朝日新聞）は、第一面のトップに冷雨のなかの悲壮な分列行進の写真、四段ぬき左右通しをかかげ、「沸《たぎ》る滅敵の血潮、きょう出陣学徒壮行大会」の見出しで、次のように報じた。

〝この朝、午前八時、出陣学徒東京帝大以下、神奈川、千葉、埼玉県下七十七校〇〇名は、執銃、帯剣、巻脚絆《まききゃはん》の武装も颯爽《さっそう》と神宮の外苑の落葉を踏んで、それぞれ所定の位置に終結、送る学徒百七校六万五千名は早くも観覧席を埋めつくした。

右翼にぎっしり詰まった学友、級友を送る学生生徒、先輩を送る中等学校生徒、左翼を埋める女子専門学校、女子中等学校生徒――六万五千の若い頰《ほお》は花園の輝きに似る。九時二十分、戸山学校軍楽隊の指揮棒一閃《いっせん》、たちまち心も躍る観兵式行進曲の音律が沸き上がって「分列に前へッ」の号令が高らかに響いた。

大地を踏みしめる波のような歩調が聞こえる。このとき、場内十万の声はひそと静まる。見よ、時計台の下、あの白い清楚な帝大の校旗が秋風を仰いで現れた。続く剣光帽影（注・分列が整然と並ぶありさま）、「ワアッ」という歓声、出陣学徒部隊いまぞ進む。「頭《かしら》アー右ッ」。眼が一斉に壇上の岡部文相を仰いだ。カーキー色の国民服に身をかためた文相の右手は石のように上がったまま動かない（注・軍隊式に挙手の敬礼をしていることをさす）。幾十、幾百、幾千の足が進んでくる、この足やがて、ジャングルを踏み、この脛《すね》やがて敵前渡河《てきぜんとか》の水を走るのだ。

拍手、拍手、歓声、歓声、十万の眼からみんな涙が流れた。涙を流しながら手を拍《う》ち帽を振った。女子学徒集団には真っ白なハンケチの波が霞のように、花のように飛《と》んでいる。学徒部隊はいつしか場内に溢れ、剣光はすすき原のように輝いた。十時十分、分列式は終わる。津波の引いたあとのような静けさ、やがてラッパ「君が代」が高らかに響いて宮城（注・皇居）遥拝《ようはい》、「君が代」奉唱、再びラッパは「国の鎮《しず》め」を吹奏して明治神宮、靖国神社の遥拝を終わる。

岡部文相、宣戦の詔書を奉読、秋風が幾百の旗を鳴らしている。祈念《きねん》に次いで東条首相が壇上に登った。力強い一言一句が場内の隅々に、出陣学徒の胸の隅々にしみ渡っていった。

次いで、参列学徒代表慶大医学部学生奥井洋二君が壮行の辞を述べれば、出陣学徒代表東大文学部江橋慎四郎君が元気一杯壇上にのぼり「……生等《せいら》もとより生還を期せず（注・わたしたちはもちろん生きて帰ってこようとは思っていません）……」と答辞を述べる。

やがて、『海ゆかば』の大斉唱は秋空たかく木魂《こだま》し、「天皇陛下万歳」の三唱に壮行の式典は終止符を打った。時に十一時十分、次いで出陣学徒は二隊に分かれそれぞれ校歌を高唱しつつ、市内行

進に移り、宮城前に一死報国を誓い奉って午後一時解散した〃（朝日新聞、昭和十八年十月二十一日の夕刊）

文部省主催のほかにも、各地で壮行会がおこなわれたが、京都の同志社大学でおこなわれた壮行会のことである。

〃その学徒出陣壮行会で同志社大学総長は「今回、晴れて壮途につかれることになった皆さんは、……いさぎよく自分の一命を捨て、悠久の大義に生きることが肝要であり、二度と再びこの学園に帰って来ようなどとは、考えず、全員喜んで国のために死んで来るように」と訓辞した〃（安川寿之輔『十五年戦争と教育』）という。

各地の壮行会が終わった十月末には、臨時の徴兵検査が各自の本籍地で実施された。わたしの本籍地は、父の郷里である鹿児島市だったが、そこは、わたしにとって、生まれてから一度も行ったことのない遠い異国であった。

今でこそ、東京から鹿児島の旅行は、羽田からわずか一時間四十分の空の旅だが、その当時は東京・鹿児島間の直通急行列車で、一昼夜と六時間の三十時間もかかる長旅であった。とんぼ返りで往復すると、二昼夜と十二時間の六十時間も列車に缶詰めである。寝台車は二年前の戦時陸運非常措置によって廃止されていた。

現在では、旅行といえば楽しいものだが、当時の旅行は苦しかった。そのころの日本旅行文化協会発行の「時刻表」には、次のような「旅行心得」が書かれていた。そんな時代であった。

「敵の反撃はいよいよ熾烈《しれつ》です。このため昭和十八年十月から全国の列車時刻が改正され、旅客列車は非常にへりました。やむを得ない場合以外の旅行はいっさいやめること。練成などに名をかりたり、買出しなどの旅行は、この際徹底的にやめることは勿論です」

一日に一本の鹿児島行き急行列車は、東京駅発が午前十一時で、西鹿児島駅着は翌日の午後五時五十分であった。

急行列車の乗車制限や乗車券の発売停止などの非常措置が実施されていたが、徴兵検査の受験者には、最優先順位が与えられていたので、東京駅から座席に座ることができた。

客車の座席は向かい合わせだが、座席と座席の間隔は今より狭く窮屈だった。現在の座席の背もたれ部分は、傾斜のついた柔らかなラシャ地になっているが、当時の背もたれ部分は、直立した硬い木製の板である。この窮屈な座席に一昼夜と六時間も座りつづけたのだから、たいへんな苦痛だった。

列車が鹿児島本線の終点の西鹿児島駅にやっとたどりついたときは、六時を過ぎていた、と思う。徴兵検査の前夜である。

父が子供時代を過ごした家はもう無いとのことだったけれど、名前だけの本籍所在地である平之町《ひらのちょう》の旅館に宿《やど》を取る。旅行どころではない時期だから、旅館はがらがらに空《す》いていた。

平之町は、平家《へいけ》の子孫と称する人たちが住んでいたとかいう地域で、西郷隆盛《さいごうたかもり》が西南戦争で政府軍に敗れて自殺した城山《しろやま》の麓に位置し、旅館の近くには、西郷隆盛の大きな銅像が建っていた。

徴兵検査は、朝早くから鹿児島高等商業学校（旧制）において、はじめに簡単な口頭の身上調査、つづいて厳重な身体検査の順で実施された。身上調査では、希望する兵科を訊かれたので、騎兵科を希望した。

と、いうのは、わたしは学生時代に軍事教練が大嫌いだったが、この学校教練が歩兵の訓練だった。この歩兵の訓練のなかでも、ほふく前進と銃剣術が特に嫌いだった。ほふく前進というのは、重たい三八式歩兵銃（騎兵銃は短くて軽い）の先端に銃剣を付けた約五キロの剣付き銃を片手に携え、地面を這いずって前進する訓練で、銃剣術とは、胸部を保護する分厚い防具を着けて、木銃《もくじゅう》（木製の銃）でお互いの左胸部を突きあう武術である。この二つの訓練が一番なさそうなのが戦車兵であり、その兵科が騎兵科だったのである。

徴兵検査の結果は、次の日の午後に発表された。講堂の正面、すこし高くした台に机を置いて書類を見ている徴兵官の前に、受験者が番号順に進み出て、判定結果を言い渡され、それを大声で復唱しては、退場してゆく。

わたしの番が来た。おもむろに書類に目を通した徴兵官は、重おもしい口調で、「鈴木正和、第三乙種合格！」と宣言した。

第三乙種は、そのころ新しく設けられた等級だった。従来は身体頑健の順に甲種、第一乙種、第二乙種、丙種で、丙種は事実上の兵役免除だった。それが、戦争の激化にともなう兵力の消耗を補充するため、第二乙種と丙種のあいだに、第三乙種を新設して、従来は丙種として兵役免除になるような身体虚弱者でも、兵隊に取ることにしたのだった。

徴兵検査が済んだ鹿児島からの帰りは広島で途中下車して、父親の職場の同僚で、わたしが中学生のとき親せき同様にかわいがってくれた知人の家を訪ねた。

知人宅に一泊した翌日、東京行き夜行の急行列車で広島駅を出発したのは、九時すぎであった。列車に乗車すると、客室内は意外に空《す》いていた。わたしは一番まえの座席に客室の端《はし》の壁を背にして坐った。当時は、端の座席は客室内側の木製の壁が、そのまま乗客の背もたれに兼用されていた。

車内の天井には、小さな電灯が三つほどしか付いていない。その黄色っぽく弱よわしい明かりのなかに坐っている乗客は、いちように疲れきった顔をしていた。半時間もすると、ほとんどの乗客が眠ってしまったのか、ぐったりとして動かない。

夜汽車は、無気力な沈黙を車内に閉じこめて、惰性のように走る。

岡山駅についたのは、深夜の一時ごろだった。急に車内が騒がしくなった。岡山駅で下車した乗客に替って、時代劇の衣装をつけたままの十数人の一団が、がやがや言いながら乗りこんで来たのである。

その先頭を切って、若い男性と二人の女性が、わたし一人が坐っている端の座席までやって来た。当時は、現在とちがって端の座席も向かい合わせになっていた。進行方向を背にして窓側に坐っていたわたしの真向かいに、丁髷《ちょんまげ》すがたの三十歳ぐらいのやせた男性、斜め前に同じく三十歳ぐらいの三味線《しゃみせん》を持った日本髪の女性、そして、わたしの左隣に若向きの日本髪を結《ゆ》った十八歳ぐらいの女性が坐った。いずれも、江戸時代を思わせる旅芸人の衣装をつけ、若い女性は踊り子の姿だった。

彼らは、夜間のロケーションを終えて、京都に帰る映画撮影所の人たちだった。座席に着いてしばらくのあいだ、にぎやかにおしゃべりをしていた。時代劇の娯楽映画を作っているらしかった。

だが、この時期、政府は「国策映画」と称して、皇国思想の国民精神総動員や戦意高揚に役立つ映画を製作するよう、映画界を強力に指導していたのである。そんな圧力にもめげずに、庶民のための娯楽映画を作るために、こんな夜おそくまで働いている、自由な映画人のしたたかさには感心した。

彼らは、わたしにも話かけてきた。「学徒出陣」は、当時のビッグニュースだったのである。それまで、学生は一般の若者がどんどん兵隊に取られて戦地に出征するなかで、兵役を猶予されてのんびり遊んでいるとして、世間から白い眼で見られていたのが、「学徒出陣」の発表以来は、一転して「ペンを捨てて銃を取る」として、もてはやされるようになっていた。だが、この人たちは冷静だった。とくに若い女性は、当時の女性としては珍しく、自分の意見をはっきり発言した。

彼女が話すには、彼女は両親と三人暮らしだが、父親が高齢で病身のため彼女が一家の生計を支えているのだった。一年すこし前に一家の稼ぎ手だった兄が、軍隊に召集されて戦死したのである。

戦死の公報が届いたとき、年老いた両親は悲しんだ。ところが、それを見た隣り近所の人が非難した、という。

「どうして、自分の子供が死んだのを悲しんではいけないの?」

と、彼女は小声ではあるが強い調子で言った。だが、返答に窮したわたしは、はっきりした返事ができなかった。

当時は、軍隊に入隊して戦死することは一家の名誉であり、悲しむべきではないとされていたのである。それどころか、戦死を悲しむことは、戦争に反対する反戦思想につながるとして、警察や憲兵が厳しい監視の目を光らせていた。だから、この列車にも警察のスパイがひそんでいて、聞き耳をたてているかもしれなかった。次第に口数《くちかず》がすくなくなって、会話は途切れがちになった。

いつの間にか眠っていたらしい。どのくらいの時間が過ぎたであろうか、うたた寝の寒さを覚えて目がさめた。そんなにたっていないような気がするけれど、うすら寒い冷え込みが、夜明けの近いことを知らせていた。

列車がガタガタ振動したはずみに隣を見ると、彼女はもう目をさましていた。

彼女は、わたしの顔を見るなり、

「絶対に……死んではだめよ」

と、出しぬけに言った。京ことばではない、はっきりした言葉づかいだった。

わたしは面くらった。そのような言葉は、それまでに、親からも教師からも誰からも、一度も言われたことがない言葉であった。当時の世の中では、戦争で死んではだめというような言葉は意気地無《いくじ》しとしてタブーだったのである。

「もう京都?」

わたしは、話題をそらした。

たしかに、列車は京都駅に着くころの時間ではあった。車内の乗客が、眠たそうな眼をこすりながら、そわそわしていた。

それからしばらく、列車は夜明け前の紫紺《しこん》色の雲がたなびくあかつきの空が明けかかるなかをせわしなく走りつづけたが、やがてスピードを落としながら駅の構内に入っていった。京都駅で下車する乗客が、ざわざわと背伸びしながら、席を立って通路に並びだす。

彼女は、「さよなら」と言って、席を立った。わたしも、「さよなら」と答えたが、なんだか声がかすれて、そのとき、彼女と別れたくないでいる、女めしい心のうちに気がついた。

彼女は、日本髪の髪かたちと対照的な現代風の顔立ちの、なかなかの美人だった。だが、それにもまして、彼女には、理知的な個性の魅力があった。

列車は、徐行しながらプラットホームにすべりこんでいった。前夜来の冷気で曇ったガラス窓に顔を寄せて眼をこらすと、ホームを弱よわしく照明する小さな電灯のぼやけた山吹色《やまぶきいろ》が、夜明けの白っぽい朝霧に包まれて、さびしく浮かんでいた。

列車は停車した。ホームに眼をやると、列車から吐き出された忙しそうな人びとの群れに押されるかたちで、江戸時代の旅芸人一座と踊り子のシルエットが、曇りガラスの向こうがわを、走馬灯の妖精のように揺らめきながら、朝霧のかすみのなかに見えなくなっていった。

京都駅にかなり長いあいだ停車していた列車が再び走りだし、プラットホームを通り過ぎて、ホームの屋根が途ぎれると、いっぺんに朝の陽射《ひざ》しが車内の隅ずみに溢れ、夜汽車の残像は消えなければならなかった。

好むと好まざるとにかかわらず、時々《じじ》刻々に時《とき》は生まれ、時は去っていく。

それから……もう五十年も経ってしまった。あのときの「絶対に死んではだめ」という言葉は、「死」と隣り合わせの状態だった軍隊時代には、一度も思い出す余裕がなかったが、戦争が済んで、生きるゆとりができてからは、度たび思い出す懐かしい言葉になった。

さて、東京に帰って学校に顔を出してみると、学校はも抜けのからのありさまだった。わたしのクラスには四十人ぐらいの学生が居たが、徴兵年齢に達しない学生は二人だけで、この二人も慶応義塾大学に転校させられて、クラスは消滅してしまったのである。

徴兵検査のため郷里の本籍地に帰った学生は、そのまま郷里に残り東京には戻ってこなかった。

彼らは、大学で勉強するため東京に上京していたのだから、もう東京に戻る必要はなかったのである。

わたしの場合、それまで一度も行ったことがなく、祖父母やおじ、おばが居るわけでもない鹿児島は遠い異国のようなところだった。だから、わたしはかねがね本籍を東京に移したいと思っていたが、鹿児島県人であることを誇りにしている父が、本籍の変更を渋り、そのままになっていた。

わたしが鹿児島から本籍を移したかった理由は、ほかにもあった。当時の日本軍では、東北の第二師団と南九州の第六師団が、強兵師団として有名だったが、第二師団が辛抱強さで知られていたのに対して、第六師団のほうは、荒っぽさで知られていた。鹿児島を本籍とする者は、その第六師団に入隊することになっていた。吹けば飛ぶような体力のわたしは、そんな荒っぽい第六師団に対して、ぜんぜん自信がなかったのである。

学校に顔を出したついでに、友人と連れだって教官室の配属将校をたずねた。「教練判定」が気になっていたので、ようすを探るつもりだった。軍事教練が停学になったときから「幹部不適任」の判定は覚悟したが、それでもなお気掛かりな点は「教練判定」に余計なことを書かれはしないかという心配だった。「教練判定」は、思想・信条の調査も兼ねていると言われていたのである。

教官室に独りで居た配属将校は、いつもとは打って変わって上機嫌だった。

「軍隊に入営したら、かぜを引かないようにしなさい。寝ているときに肩が冷えて、かぜを引く者が多いから、この点を注意したらいい」

とも、親切そうに教えてくれた。

かぜは引かなくてもどうせ死ぬのに、とは思ったけれど、それはさておいて、そのときの配属将校の表情からは、わたしに対する特別な悪意は見られなかったので、「教練判定」にも、余計なことを書くような意地悪なことはしないだろうと判断できて、ひと安心した。

母は、知人のあちこちに頼んで「千人針」を作っていた。

「千人針」というのは、出征兵士の無事生還を祈って、多くの女性が、一針ずつ赤い糸の縫い玉を作って仕立てる木綿の腹巻のことで、これを着用すれば、敵の銃弾にあたらないというお守りである。

この千人針が盛んだったのは、日中戦争がはじまった昭和十二年から十六年ごろまでの時期で、全国各地の街頭には、千人針に協力を依頼する女性の姿がよく見かけられた。しかし、米国とも戦争をはじめ、敗色が濃くなるにつれて、出征兵士は、みずからの身体を弾丸にして玉砕すべきだということになり、生き残りを願う千人針は、急速に下火になった。

こうして、昭和十八年の「学徒出陣」のころは、千人針はすでに肩身のせまい、時代おくれの存在だった。それにもかかわらず、母は千人針を作ろうとした。それは、口には出して言えない無事生還の願いをこめた、無言のメッセージである。その気持がわかるからこそ、わたしは有り難く感謝して、肩身のせまい千人針を軍隊にも持って行くことにした。

父は、はなむけの言葉が寄せ書きしてある「日の丸」の旗をくれた。この旗は、今でも保管している。

それを見ると、右側の白地いっぱいに郷里の先輩・山本英輔海軍大将の「天佑神助　武運長久尽忠報国」という勇ましい言葉が墨の跡も鮮やかに大きな字で書いてあり、ほかにも「勇往邁進」、「果敢断行」など威勢のいい言葉が並んでいる。なかでも、いちばん露骨な言葉は、「死は鴻毛《こうもう》より軽し」だった。人命尊重の今の世の中では考えられない言葉だが、当時はよく使われた言葉なので、わたしも知っていた。ただし、わたしはその意味を勘違いしていた。

わたしは、この言葉は中学の三年か四年のときに教わった、古代中国の歴史家・司馬遷の言葉からの引用だと思ったが、そうではなくて、「軍人勅諭」からの引用だったのである。

司馬遷の言葉は、「死或重於泰山、或軽於鴻毛」（死は或いは泰山より重く、或いは鴻毛より軽し）という文章で、人間の死の価値には軽重がある。このことをしっかり心得た死生観をもつことが大事、という意味である。

これに対して、「軍人勅諭」のほうは、「只々一途《いちず》に己《おの》が本分の忠節を守り、義は山獄よりも重く、死は鴻毛よりも軽しと覚悟せよ」（軍人は自分の本分の忠節を守ることに専心して、天皇に対する忠義は山よりも重く、軍人の死は羽毛よりも軽いものだと覚悟せよ）という文章で、「天皇のための死」の押し付けである。

じつは、その当時、わたしは「軍人勅諭」をほとんど読んでいなかったので「死は鴻毛より軽し」という言葉は「軍人勅諭」のなかにもあることを知らなかった。

軍人の一番大事な徳目として重視された、天皇に対する忠節について説明する「死は鴻毛より軽し」という、使用頻度の多い言葉の「軍人勅諭」的な意味を知らないことが軍隊時代にばれていたら、どんなひどい目に遭っていたかもしれない。今から考えると、冷や汗ものである。

わたしも戦局が日に日に悪化するなかで軍隊に入隊するからには、もちろんほかの皆とおなじように死を覚悟したが、そんなふつうのことよりも、ほかの皆にはない難問が、わたしにはあった。それは、天皇＝現人神《あらひとがみ》の強要が軍隊ではどのような状況になっているのか、という心配であった。

昭和十二年五月、文部省が天皇神格化の国定教科書『国体《こくたい》の本義』を出版して、全国の学校等に配布し、「天皇は現御神《あきつみかみ》（現人神におなじ）である」と宣言してから、終戦翌年の昭和二十一年元旦に、昭和天皇がみずから天皇の神格性を否定した「人間宣言」を発表するまでの約八年間の日本は、天皇が神とされた異常な時代であった。

この時代、日本の政治権力は現人神を全国民に承認させるために総力を結集して、合法非合法のあらゆる手段を採用した。

とくに、文部省はそれまではおおむね「自由と合理性」にもとづく科学的な教育をおこなってきた中等学校以上の学校教育も、小学校と同様の天皇制教育に統一する政策を強力に推進し、警察は不敬罪（天皇に対する敬意を欠いた言動に対して成立する罪で、昭和二十二年に廃止）や治安維持法（昭和二十年に廃止）などを流用、援用して、天皇＝現人神を承認しない国民を弾圧した。

このような天皇神格化の国民精神総動員のなかで、特高警察（思想関係担当の警察）や思想憲兵（思想関係担当の憲兵）が目をつけたのが、少数例外者のキリスト教徒であった。

特高警察や思想憲兵は、キリスト教徒が信ずる神の十戒の第一戒である「われはなんじの主なる神なり、われのほか、何者をも神となすべからず」は、現人神を否定するものであり、刑法の不敬罪に該当するとして、キリスト教の教義への干渉、教会の宗教活動に対する圧迫、さらには宣教師と信者の言動に対する監視などの宗教弾圧を実行した。

この宗教弾圧で、特高警察や思想憲兵が天皇神格化に消極的と思われる目立つ存在のキリスト教指導者に対して、不敬罪を適用するためにおこなった誘導尋問が、「キリスト教の神と天皇陛下と、どちらが偉いのか?」と「天皇陛下は神ではないと言うのか」だった。

ただし、警察もすべてのキリスト教徒を尋問する余裕はないので、一般のキリスト教徒は、警察に目をつけられぬように、息をひそめて災難を避けていた。

しかし、軍隊に入営すれば、一般社会から隔離された兵営に監禁されることになり、それは軍隊に逮捕されるのと同じことである。当時の日本の軍隊には、自由もなければ人権もなかった。とくに、新しく入営する新兵には、兵営内のどこにも安全な避難場所はないのである。自明の理であるだけに、答えようのない言いがかりをつけられたら、どうしようか。それが心配であった。

わたしは、教会の神父さんに相談した。

神父さんは、「キリスト教の神と天皇とどちらが偉いのか?」という尋問に対しては、新約聖書の言葉を教えてくれた。

「キリストは、『皇帝のものは皇帝に、神のものは神に返しなさい』と仰せになった、と聖書に記されている。ということは、この世では天皇がいちばん偉いし、天国では神がいちばん偉い。そのように答えなさい」と、神父さんは言った。

だが、「天皇は神ではないと言うのか」については、神父さんにも、対策はなかった。だいたい、この誘導尋問には、物の道理はない。それは、不敬罪を恐れずに、「天皇は神ではない」と言うことができるか、あるいは、プライドを捨てて、「天皇は神です」と言うのか、二つに一つであった。では、軍隊の兵営内で、「天皇は神ではない」と言うことが、出来るだろうか？どこにも安全な場所がない兵営に監禁された孤立無援の状態のなかでは、それは不可能である。くやしいけれど、「天皇陛下は神です」と、言わされることは目に見えていた。

と、なれば、残された対策は、こんな無教養な誘導尋問に遭わないようにするしかない。もともと、この尋問の対象は、少数例外者のキリスト教徒に限られていた。「天皇は神である」と平気で言える一般の人たちにとっては、この尋問は痛くもかゆくもない愚問にすぎないのである。

と、いうことは、キリスト教徒であることを知られなければいいのだった。わたしは、軍隊に入営したら、隠れキリシタンで押し通す決心をかためた。

戦死したときの「白木《しらき》の箱」のことも考えた。「白木の箱」とは、戦死者の遺骨を納めた白地の木材で作った箱を言い、この箱を白い風呂敷で包んで遺族に渡すのである。しかし、実際に遺骨が入っているのは、中国戦線の戦死者だけのようだった。負け戦のため遺骨を収容できない南太平洋方面の戦死者の「白木の箱」には、戦死者の名前を記した小さな木片と石ころがはいっているだけ、と言われていた。

遺骨の代わりが石ころでは寂しすぎる。わたしは、入営予定日である十二月一日の数日前に、爪を切って半紙に包み、両親に気づかれぬように、仏壇の引き出しの奥のほうに忍ばせた。父が日本人一般がそうであるように、形だけの仏教徒だった我が家には、持ちはこびできる箱型の仏壇があったのである。

ところで、出陣学徒の陸軍入営日は、早くから十二月一日と決められ、十一月の二十日ごろから、続ぞくと現役兵証書（現役兵に対する入隊命令書）が配達されているようすだったが、どうしたことか、私の証書はさっぱり届かなかった。

徴兵検査のとき連絡場所として届けた鹿児島市の親せきから、「召集令状（予備役兵に対する入隊命令書）が届いた」と電話してきたのは、入営二日前の十一月二十九日の夕方だった。現役兵証書でないのが変だが、確かめる暇《ひま》もない。召集部隊は熊本市の西部第二十一部隊、到着日時は十二月一日の午前九時と言うのである。

当時は、戦時物資輸送を優先するため、旅客列車の運転は大幅に削減され、前月、十月の列車時刻改正からは、ついに特急列車は東京・博多間の特急「富士」だけ、全国で一本になっていた。その「富士」も乗り継ぎの連絡が悪く、結局、熊本に一番早く行ける列車は、翌日、十一月三十日の午前十一時、東京駅発の鹿児島行き急行列車だった。熊本駅着は、十二月一日の午後一時すぎになってしまう。完全に遅刻である。召集令状の指定時刻に遅れると、問答無用で、「兵役忌避」の罪名により陸軍刑務所に送られると言われた時代のことだから、絶体絶命のピンチだった。

事態を心配した親せきは、熊本の部隊まで同行して事情を説明してあげる、と言ってくれた。さいわい、西部二十一部隊の連隊副官（総務部長のような役職）は親せきだから、と言うのである。鹿児島から熊本までの旅行は、急行列車で約五時間かかるうえ、旅客列車の運転本数が少ないので、一泊二日の日程となる。親せきには大変な面倒をかけることになるけれど、背に腹はかえられなかった。

こうして、遅い入隊命令がやっとわたしに知らされた十一月二十九日、東京都内のＪＲ各駅は、朝早くから、入営する学徒と見送りの人びとでごった返していた。到着指定時刻に絶対に遅刻しないよう、入営前日の十一月三十日までに指定場所に到着し、その日は、現地の旅館に宿泊して待機するためである。

東京駅などの歓送風景を、当時の新聞は次のように報道する。

〝輝く入営日を二日後に控えた二十九日の東京、上野、品川、新宿など都内各駅頭には、勇躍出陣する学徒を中心に空前の歓送風景が展開された。送る幾万、幾十万の眼、声、それをハッシとうけて宿敵米英撃滅に征でたつ学徒に、またしても大本営から発表された第二次、第三次ギルバート諸島沖航空戦と潜水艦の大戦果――この日、東京駅頭には午前七時二十五分の始発列車に間に合わせるため、早朝四時ごろから続ぞくと学徒が壮途についた。軍、鉄両当局では、同夜九時半発〇〇行の入営学徒専用列車まで用意して汗だくの整理を行ったが、同駅頭の歓送風景は夜に入ると共に一層白熱化し、駅頭広場を埋めつくした一団また一団は、漆黒の闇の中に〇〇家△△家と染め抜いた高張提燈を押し立てて、いずれも相譲らず壮行の陣を布いた。万歳々々のどよめき、声もかれよと軍歌、校歌の斉唱、校旗が乱舞する〟（朝日新聞、昭和十八年十一月三十日）

その当時、入営者は何はさておいても、隣組《となりぐみ》の組長に入営の報告をするのが慣例になっていた。隣組とは、戦争遂行のために制度化された地域組織で、隣近所の十戸程度で構成され、生活物資の配給などさまざま業務を担当したが、入営兵士の歓送行事の手配も、その一つであった。

入営者の報告をうけた隣組の組長は、入営者の出立当日に町内会や婦人会の人びとを集めて、神社の境内などで壮行会を開催する。町内会の人びとの激励の辞に答えて、入営者が型通りの挨拶をする壮行会が済むと、参会者は軍歌を歌いながら最寄りの駅まで行進する。その時、入営者は「日の丸」の旗を肩からタスキがけにして、行列の先頭を歩くのである。

わたしは、二十九日の晩に隣組の組長のところに報告に行った。翌日の早朝に出立するのでは、町内会や婦人会に連絡する暇《ひま》がないから壮行会は開けない、と組長は言ったが、以前からこういう仰ぎょうしい壮行会が好きではなく「日の丸」の旗を肩にかけて町内を歩くなども遠慮したかったわたしにとっては、これはむしろ都合がよかった。

十一月三十日の朝早く、わたしは学生服に学生帽をかぶり、父がくれた寄せ書きの旗と母がくれた千人針に、洗面道具などを入れた布製の手さげ袋だけを持って自宅を出た。

ところが、不思議なことに、それからあとは、記憶が無い。誰かが最寄りの駅まで見送ってくれたかどうかも覚えていない。二度と生きて帰れないかもしれない、人生一大事の旅立ちなのにである。召集令状の指定時刻に遅れて、あした熊本に着いてからどうなるかという心配で、頭がいっぱいだったためだろうか。それとも、人間は大きすぎるストレスに遭遇すると、脳から麻酔物質が出るのだろうか？

わたしは、自宅から歩いて五分ぐらいの東武東上線の下板橋駅から電車に乗り、池袋で国電（JR）の山手線に乗り換えて東京駅に行ったはずである。東京駅では、前日の大騒ぎほどではないにせよ、近距離の兵営に入隊する出陣学徒見送りの騒ぎがあったであろう。だが、まるで記憶にない。

鹿児島行きの急行列車が、定刻どおり午前十一時に東京駅を出発したのは確実である。座席にもたぶん坐れたであろう。そのころは、一般旅客に対する急行列車の乗車制限措置があり、入営者は特別扱いだった。

十一月三十日の朝、昼、晩と十二月一日の朝が容赦なく時を刻み、わたしを乗せた列車は、東海道線、山陽線から、一年前に完成したばかりの関門海底トンネルを通り抜け、九州の鹿児島本線を熊本に向かってひたすら走りつづけたことは確かである。だが、そのなかに、わたしのすがたは影もかたちもない。

野砲兵連隊

列車が熊本駅に到着したのは、十二月一日の午後一時をだいぶ過ぎてからであった。本当に来てくれるか心配だった親せきは、ホームの改札口のところで待っていた。わたしが挨拶するよりはやく、親せきは、

「副官に連絡が取れたから安心なさい」

と、言いながら近づいて来た。

駅前から部隊のそばまでは、路面電車が通っていた。二人が西部二十一部隊の営門に駆けつけたのは、二時ごろだった。

営門わきの衛兵所で事情を話すと、連絡がついていたらしく、すぐに剣付き鉄砲をかついだ衛兵が出てきて、二人を案内してくれた。

案内されたところは、連隊本部だった。親せきは奥のほうへ案内され、わたしのところへは、襟章に黄色い星が三つ付いた上等兵が出て来た。

上等兵は、今から学徒兵に対する部隊長殿の訓示があるから、そのとき挨拶するようにと言って、「申告」の言葉を教えてくれた。軍隊で「申告」とは、挨拶のことである。

上等兵とわたしは、急いで営庭に出た。広い営庭の中央付近に、カーキ色の軍帽、軍服、巻脚絆に帯剣の軍装に身を固めた百名か二百名ぐらいの集団が、音もなく整列している。その日の朝に入営したばかりの学徒兵の新兵だが、そのときのわたしには、もうずっと以前からの古参兵のように見えた。

集団の視線を浴びながら、その横に並んだわたしは、たった一人だけ黒の学生服に学生帽である。カーキ色集団の迫力に圧倒されそうで、心細いかぎりだった。

部隊長は馬に乗って現れた。その馬は、つやつやした毛並みの栗皮茶色と、立てがみのブロンドとのコントラストが鮮やかで、前肢《まえあし》の脚線が美しい、見るからに上等な馬だった。だが、後になって聞いた話では、これが大変な暴れ馬で、当番兵（将校の身のまわりを世話する兵隊）を蹴殺した前歴があるとのことであった。

部隊長は集団の前で馬からおりて、一段高い台の上に立った。

「部隊長殿に敬礼。頭《かしら》アー中《なか》ッ」の号令がかかる。

挙手の礼を返した部隊長は、事情を知っているのかいないのか、軍装の集団の横に学生服すがたで立っているわたしのほうをちらっと見てから、訓示をはじめた。

「諸子は本日からもう学生ではない。光輝ある帝国陸軍の一員となったのである。……奮励努力して重大な責務を完遂せよ」

と、いったような訓示を終えた部隊長は、ゆっくりとわたしのほうに向き直った。

すかさず、付き添いの上等兵が、わたしの袖を引っぱって合図する。

どうにでもなれと開き直ったわたしは、挙手の敬礼をしながら、一生に一度の金切り声を張りあげて怒鳴った。

「申告いたします。陸軍二等兵、鈴木正和は遅れて入隊いたしました！」

学生服すがたの陸軍二等兵の誕生であった。

申告をうけた部隊長は、なにもいわずに悠然と挙手の礼を返し、わたしはほっとした。

こうして、第一の関門はなんとか通過できたが、これからさき、どんな難問がまちうけているか、不安がいっぱいであった。


さきに入隊した学徒兵は、すでに第一中隊から第四中隊まで四つの中隊に配属されていた。第一、第二中隊は野砲《やほう》兵、第三、第四中隊は山砲《さんぽう》兵である。兵舎は二階だての木造で、広い営庭をはさんで、南側の連隊本部の反対側に、向かって左から第一、第二中隊の順に並んでいる。

わたしは、第一中隊に配属されることになり、中隊事務室に案内されて、身上調査表を渡された。家族欄、学歴欄のほかに、予想通り宗教欄がある。わたしは、かねての計画どおり「真宗」と記入して提出した。真宗《しんしゅう》は父方の祖母の宗教だが、「なむあみだぶつ」の念仏さえ知っていれば疑われない、大衆的な仏教だからである。

そこで、第一内務班に配属されることになったわたしは、「内務班」の班長に紹介され、学生服から軍服に着替えたのち、「内務班」に案内された。そこは、真ん中に大きな長い机が置かれ、両側の床にわら布団（ズックの袋にわらが詰めてある）のベットが並ぶ板敷きの大部屋で、十五名ぐらいの学徒兵の新兵と「内務」教育掛の古参兵二名が入居するのであった。軍隊で「内務」とは、教練や勤務以外の、兵営内における日常生活のことである。

入営当日の晩、新兵たちは長い大きな机の両側の長椅子に坐って、班長の話を聞いた。皆と一緒に長椅子に坐った班長と古参兵は、これが日本一荒っぽいという評判の熊本の第六師団かとびっくりするほど、なごやかに軍隊の制度とか、日課などを教えてくれた。

それによると、西部二十一部隊とは防諜《ぼうちょう》（スパイ防止）上の名称で、正式名称は野砲兵第六連隊補充隊、略称は砲六であり、本隊は南太平洋ソロモン諸島のブーゲンビル島に転戦中とのことであった。

思いがけない耳よりな話も聞いた。それは、天皇は兵隊の直属上官である、という話であった。

「第一中隊に配属されたおまえたちの直属上官は、中隊長殿、連隊長（部隊長の正式名称）殿、師団長閣下、軍司令官閣下」と、そこまで言ったところで、班長は長椅子を後ろにずらして立ちあがり、「気をつけ！」の号令をかけた。皆が一斉に立ちあがって不動の姿勢をとると、班長は言いかけた言葉のあとにつづけて、「大元帥《だいげんすい》陛下である」と結んだ。

それまでも、大元帥とは天皇の別称で、全軍の最高司令官のことであるとは知っていたが、それが個々の兵隊の直属上官になるとは思いつかなかった。

班長は、天皇を中隊長、連隊長、師団長、軍司令官につづく第五番目の直属上官として、「兵隊と天皇との距離の近さ」を誇らしげに強調しているようであった。

――どうやら、軍隊では、天皇は現人神ではなく、五番目の直属上官であるらしい。ということは、軍隊では現人神の強要はないのか。

そのように状況判断することができて、わたしが入営前にいちばん心配していた、兵営内の天皇＝現人神の強要は、取りこし苦労だったかもしれない、と思えてきた。

翌朝は、六時の起床ラッパで目がさめた。班内のようすは、一夜明けると、がらり変わってしまっている。古参兵が前夜とは別人のようなのである。寝床の毛布の畳み方が悪いといって怒鳴ら

れ、それに気をとられていると、動作が遅いといって怒鳴られ、天手古舞でバタバタしているうちに、

「点呼《てんこ》に遅れるぞ！」

と怒鳴られ、営庭に飛び出して整列した。

その日の午後は、連隊本部の左手に在る砲廠《ほうしょう》に連れていかれた。砲廠のなかには、野砲と山砲が収納されていたが、野砲の中の一門は、日露戦争（一九〇四―五年）で使用し、現在は新兵の教育用であるとのことだった。ずいぶん古い大砲を使っているものだと、びっくりする。

それから、砲廠の裏手に在る厩舎《きゅうしゃ》に連れていかれた。第一中隊と第二中隊の厩舎には輓馬《ばんば》（野砲を引く馬）、第三、第四中隊の厩舎には駄馬《だば》（山砲を背負う馬）が収容されていた。野砲隊の馬は、騎兵隊の乗用馬のような軽種ではなく、大型の重種である。

厩舎に着くと、班長は訓示した。

「ここに居る軍馬は、かしこくも大元帥陛下（一同、気ヲツケの姿勢をとる）よりお預かりした貴重な兵器である。充分に注意して大切に取り扱うようにせよ。おまえたちの替わりは、一銭五厘のハガキ一枚で簡単に召集できるが、軍馬はそうはいかない。今の値段で五百円はする」

ということで、軍隊では、馬のほうが兵隊より大事だったが、それは動物愛護のためではなかった。

それは、馬が天皇から預った重要な兵器であり、購入価格も高いからであった。

この日は、一頭の馬が馬繋場《ばけいじょう》(馬をつないで手入れする場所)に引き出され、馬に近づく要領と、馬の肢《あし》を持ち上げる方法を教えられた。

馬に近づくときは「オーラ、オーラ」と声をかけながら近づけと教えられた。馬を驚かせないためである。馬の肢を持ち上げるには、前肢《まえあし》は手で、後肢《うしろあし》は手と膝で抱えて蹄《ひずめ》を上に向ける。前肢はやさしかったが、後肢がむずかしかった。下手《へた》をすると、蹴られる。

次の日から、馬手入れの日課が、朝食の前にセットされた。起床ラッパで飛び起きると、すぐに営庭で朝の点呼がある。点呼が済むと顔も洗わずに駆け足で、広い営庭を斜めに横切って、厩舎に直行するのである。馬のことは何もわからない素人《しろうと》が、いきなり馬の手入れをするのだから、最初は古参兵に教わりながらとは言っても、大変だった。

馬手入れは、次のようにおこなわれた。

厩舎に着くと、まず最初に馬に水を飲ませる。これを水飼《すいがい》という。馬の健康は水飼によって左右されるといわれ、水の飲み具合が悪い馬は、健康状態が悪いのだった。

馬を厩舎から引き出して水飲場に連れて行く。水飲場で馬の口を自由にしてやると、馬は鼻面《はなずら》を水槽の水に浸して水を飲みはじめる。このとき、馬が水を飲みこむ「ゴクリ、ゴクリ」という音を馬の喉《のど》に手を当てて数え、その回数を各馬の「水飼表」に記録する。この数が二十を切るようなときは、その日は、馬の体調が悪いのである。

水飼が済むと、馬繋場《ばけいじょう》に移動して馬体の手入れに移る。馬体の手入れでいちばん大事なのは蹄《ひづめ》である。馬の前肢、次に後肢を手と膝で抱え、蹄を上向きに保って、蹄の内面に付着している馬糞や泥を鉄べらでかき落としてから、バケツに汲んできた水に浸した布切れで、蹄の内面と外面を洗う。つぎに、前肢と後肢および肩から腰にかけての胴体にブラシを掛け、立てがみを木櫛《きぐし》ですく。そうこうしているうちに、水で洗った蹄が適度に乾燥するので、蹄の内面と外面に蹄油《ていゆ》を塗って仕上げる。蹄のひび割れを防ぐためである。蹄の手入れ不良が原因の、蹄の内面が腐乱する病気は乗馬部隊の恥と言われ、蹄の手入れには、古参兵の厳しい監視の眼が光った。

馬の手入れはこうしておこなうが、そのとき同時進行で何人かは、馬の寝わらを乾燥させる作業に従事する。一晩すごした寝わらには、馬の糞尿がいっぱい付着しているが、これを素手《すで》でつかんで掻き集め、縄でしばって厩舎から南側の広場に引きずり出し、広場いちめんに広げて天日に干すのである。

入営して数日たった夜中の十時ごろ、硫黄島《ゆおうとう》への出陣がうわさされる動員部隊の出動があった。

新兵は、兵舎の前から見送るように、と言われた。兵舎と正門はかなり離れていた。暗やみをすかして見ると、黒い影の集団が大砲を引いて正門から出て行く。正門付近には、部隊に残る古参兵が見送っているけれど、出て行くほうも見送るほうも、粛しゅくとして静かであり、なんとも寂しい出陣風景であった。夜中に出て行くのも、音を立てないように行動するのも、すべて軍事機密秘匿のためとのことであった。

——自分たちも、こんなふうに夜中にこそこそ出て行くのだろうか。

と、心細くなっていると、一人の見習士官がわたしをたずねて来た。

ところが、この見習士官は、小学校一年生のときから蜻蛉《とんぼ》とりなどしてよく一緒に遊んだ一歳年長のいとこだった。一年前の十月に西部二十一部隊に入隊して、甲種幹部候補生に合格し、現在は熊本予備士官学校に在学中だが、新兵時代に教育をうけた内務班長の出陣を見送るため、一時帰隊していたのだった。いとこが学校を卒業して軍隊に入隊したことは知っていたが、それが西部二十一部隊とは知らなかったので、びっくりした。

いとこの話では、同じ年ごろの親せきがもう一人、第四中隊に見習士官として配属されているとのことだった。親せきが三人も同じ時期に同じ部隊に徴兵されるとはめずらしいが、三人の本籍所在地が鹿児島市の中心部だったためらしかった。野砲兵第六連隊は熊本、大分、宮崎、鹿児島、沖縄の五県から徴兵されるが、鹿児島県の場合、野砲兵の徴兵区は鹿児島市らしいのだった。同期に入営した鹿児島県出身者に段だん聞いてみたところ、本籍はやはり鹿児島市だった。

それにしても、軍隊は運隊というが、鹿児島県人の多くが徴兵される鹿児島の歩兵連隊（歩兵第四十五連隊）に徴兵されなかったことは、最大の幸運であった。

なにしろ、約五十センチの銃剣を付けた約五キロの重たい三八式歩兵銃を持って、走ったり、ほふく前進（地面を這って前進）したり、銃剣突撃の銃剣術の訓練に耐えるような体力もなかったし、勇敢なことで知られる鹿児島の薩摩隼人《さつまはやと》に付いていける自信もなかった。

入営して十日ぐらいしたころ、西部軍司令官の学徒兵視察が、部隊の営庭でおこなわれた。軍司令官こそは、入隊した日の晩に班長が教えた、天皇のつぎに偉い直属上官である。

すこしは軍服すがたにも慣れた約百五十名の学徒兵は、儀式の時や出陣のときにしか着られない新品の「一装軍服」に着がえ、帯剣に巻脚絆を巻いた正装である。全員が一人一人、出身学校名を申告せよということで、軍司令官が隊列のなかに入ってこられるように、列の間隔を広めにとった四列横隊に整列した。

旧日本軍ではどんな場合でも、上官の訓示が付き物だったので、このときの軍司令官の視察も、訓示ではじまったはずだが、それは全然おぼえていない。

わたしの記憶では、軍司令官は部隊長ほか多数の将校を従えて、第一列の右端から隊列の前に現れた。年齢は五十歳ぐらいで、上智大学の配属将校にそっくりの痩せぎすの背格好をしていたが、新品の軍服の左胸いっぱいに飾りたてた色とりどりの略章（略式の勲章）の数かず、由緒ありげな日本刀でこしらえた軍刀に、ピカピカに光らせた黒の革長靴《かわちょうか》が違った。

学徒兵は、どの顔も極度に緊張した表情で、次つぎと矢継ぎ早やに、ぎごちない軍隊口調の金切り声を張りあげて、出身学校名を申告する。

それをうけて、軍司令官は満足そうな顔で

「うん」「うん」とうなずきながら、歩を進める。

第一中隊は、第一列である。第一列の中央付近に並んでいたわたしも、皆と同じように馴れない軍隊口調で申告した。

「鈴木二等兵、上智大学であります！」

その途端、それまでは隊列に対してすこし斜めの姿勢のまま、急ぎ足で歩を進めていた軍司令官が、大きく正面に向き直って足を止め、

「あの非国民の学校か！」

と、吐きすてるように怒鳴った。

見ると、軍司令官の顔色が変わっている。わたしは、からだがすくんだ。

立ち止まった軍司令官は、しばらくのあいだ居丈高《いたけだか》にわたしをにらんでいたが、やがて五、六歩あとから随行してくる多数の将校たちが、行く手をふさがれて立ち往生しはじめると、思い直したように、次に向かって歩を進めていった。

それまでも、キリスト教や上智大学に対する、無教養な連中の悪口雑言には馴れていた。しかし、天皇の次に偉い直属上官の軍司令官が、最下級の二等兵の新兵に本気になった浴びせ掛けた、この暴言には、はじめはからだがすくんだが、すぐに悔しさがこみあげ、つづいて頭に血がのぼって熱くなった。

――国のためすべてを捨てて来ているのに、わかってくれないのか！

という悔しさと、

――なにが軍司令官だ！

という反発であった。

しかし、そんな反抗的な心のうちを随行の将校たちに感づかれては、面倒なことになるので、表情を変えないよう眼を動かさないよう、必死にこらえる。

やっとのことで、腰にさげた軍刀をがちゃがちゃさせながら歩く将校たちが一人残らず、眼の前を通りすぎたのをたしかめてから、わたしは胸中ひそかに叫んだ。

——軍司令官がこの程度の人物では、日本は負けるぞ！

西部二十一部隊の兵隊の日課は、起床ラッパから消灯ラッパまで、次のように規則正しく繰り返された。

六時起床・点呼（人員点検）・馬手入れ・洗顔・朝食・午前の教練・昼食・午後の教練あるいは学課・馬手入れ・夕食・水飼《すいがい》（馬に水を飲ませる）・点呼・十時消灯。

とくに、野砲兵にとって馬手入れは、一日もおろそかにできない重要な日課であった。入営して翌日に、班長は馬を大切に扱うよう厳しく注意したが、日がたつにつれて、実際は馬が大切に扱われていないことがわかってきた。その証拠は、大切に扱えば少ないはずの暴れ馬や癖馬《くせうま》の多さだった。

癖馬は、誰にでもすぐわかるように、咬癖馬《こうへきば》（かみつく）には前がみに、蹴癖馬《しゅうへきば》（ける）には尻尾《しっぽ》に、後退癖馬《こうたいへきば》（あとずさりする）には立てがみにそれぞれ白い布切れの目印が結んであった。

なかでも、「京将《きょうしょう》」という立派な名前の薄い色の栗毛は後肢《うしろあし》で立ちあがって暴れる、第一中隊で最悪の後退癖馬であった。わたしは、馬手入れのときはいつも「京将」にだけは当たりたくないと思って、厩舎に急いだものである。この馬の名前だけは、五十年たった今でもはっきり覚えている。

わたしたちが入営したのは十二月であり、すぐに厳寒の季節がやってきた。五十年前の熊本の冬は、今よりずっと寒かった。早朝の六時ごろ、氷の張った水槽から冷たい水を汲んできて、馬の蹄《ひずめ》を洗っているとき、寒さのためにかじかんだ指先が、氷点下に凍った蹄鉄《ていてつ》（蹄を保護する鉄の金具）にあたると、赤くはれた霜焼けの皮膚が破れて血がにじむ。このときの、鉄という金属の硬い冷たさは、氷が浮いている冷たい水さえも、温かくて柔らかに感じさせるのであった。

旧日本軍の兵営生活を語るとき避けて通れないのが、旧日本軍の特質あるいは体質ともいわれた「私的制裁」である。「私的制裁」とは、軍隊用語であり、古参兵の新兵に対する暴力行為をいう。この私的制裁の恐怖は、一般社会でもうすうす知られていて、かなりの数にのぼると推測される、当時の青年の「兵役忌避」のおもな理由とされている。

厳重な報道統制により、兵役忌避者の人数などは不明ではあるが、過酷な軍事訓練はさほど問題ではなく、伝え聞く私的制裁の恐怖が彼らをふるえあがらせた、といわれている。

兵役忌避の方法としては、逃亡失踪《しっそう》のほか、自分で自分のからだを傷つけたり、病気になったり

（たとえば大量の醤油を飲むなどして）、あるいは、わざわざ犯罪者になって刑務所に入るなどがあったらしい。刑務所のほうが軍隊よりはましということなのである。

しかし、この私的制裁も、「軍隊は運隊」という言葉があるように、どの兵科に入隊したか、あるいは、どこの部隊に入隊したかなどによって、運不運の差が極端であった。闇《やみ》から闇に葬られる私的制裁の暴力によって、命《いのち》までおとした新兵も少なからず存在した反面、ほとんど被害をうけなかった新兵も居た。

一般的に言って、兵科では、歩兵科の私的制裁が最悪だったようである。

わたしより五、六歳年長のいとこも、昭和十三年一月に東京の歩兵第三連隊に現役兵として入営してわずか一、二ヵ月で、古参兵の私的制裁の犠牲になって命をおとした。

また、わたしたち野砲兵部隊に隣接する歩兵部隊（熊本・歩兵第十三連隊）でも、評判どおりのすさまじい私的制裁が横行しているようだった。わたしと同じ日に入営した学徒兵も、倒れても倒れても立ちあがらされて、二、三十回もビンタ（顔面を殴る）を食らうなどの被害者が続出しているという私的制裁の口コミ情報が、しばしば聞こえてきて、その都度わたしたちは、首をすくめたものである。

歩兵部隊の私的制裁が特にひどかった理由は、旧日本軍歩兵の得意とした戦法が、銃剣で刺殺するという前近代的な「白兵戦《はくへいせん》」だったので、兵隊を平素から残虐行為に慣らしておく必要があったためと言われている。

私的制裁は、起床から就寝までのあらゆる場面で突発したが、とくに新兵に対して深刻なダメージを与えたのが、夕食後の点呼が済んで就寝までの「内務班」で吹き荒れた、古参兵による本格的な私的制裁であった。「内務班」とは、下士官を班長として、古参兵と新兵が、大部屋に同居する兵営生活の最小ユニットの集団であり、またその大部屋を指した。従って、内務班での私的制裁の運不運は、内務班長と古参兵の顔ぶれによって左右されることになる。

では、西部二十一部隊第一中隊第一内務班の場合は、どうだったのか？

軍隊で第一中隊の第一内務班長は、最優秀の下士官が任命されると聞いたが、わたしたちの班長も、階級は軍曹だが、偉いというか、変わっているというか、ふだんの新兵教育は教育掛上等兵と古参兵にまかせきりで、自分は下士官の階級には不釣り合いの、大きな事を教えた。

まず、入営第一日の晩には、兵隊と天皇との距離の近さを教え、つぎに軍歌練習では、二・二六事件の反乱軍の青年将校が歌っていたという「昭和維新の歌」を教えた。

軍歌練習は、夕食後におこなわれる。夕食がすむと、厩舎に行って馬に水を飲ませる日課があるが、その帰りに営庭で軍歌を歌うのである。

ところが、この班長の教える軍歌は、ふつう一般の「野砲兵の歌」とかではなく、政治権力や財閥の腐敗を悲憤慷慨し、昭和維新の革命をめざす「昭和維新の歌」であった。

汨羅《べきら》の淵《ふち》に波さわぎ
巫山《ふざん》の雲は乱れ飛ぶ
混濁の世に我立てば
義憤に燃えて血潮わく

権門《けんもん》上におごれども
国を憂うる誠なし
財閥富を誇れども
社稷《しゃしょく》を思う心なし

それにしても、この国家存亡の時期に、いまだに六年も前の二・二六事件の影響が地方の軍隊に根強く残っていることにはびっくりしたし、政治的な下士官の存在にも驚いた。

教育掛上等兵は、青白い顔色でひょろ長い体格の口やかましい上等兵で、班長と同期の学徒兵だが、胃腸の病気で陸軍病院に長期入院したため、幹部候補生の試験に落ちた、と本人が話していた。

この上等兵はたいへんなかんしゃく持ちで、食事のとき度たび、

「こんなまずい飯《めし》が食えるか！」

と、怒鳴って飯を盛った食器を床に投げつけては、食事当番を困らせた。

しかし、暴力については、発作的なビンタは二、三回ぐらい目撃したことがあるけれど、私的制裁と言えるような本格的な暴力行為はなかった。

もう一人の教育掛古参兵は一等兵だった。兵隊の階級は下から数えて、二等兵、一等兵、上等兵、兵長の順で、その上は、下士官の伍長、軍曹、曹長とつづく。ということで、一等兵はいちばん下から二番目の階級であり、そのためか、この古参兵はいつも控え目におとなしくしていたが、わたしには、ひょんなことから親近感をもっているようであった。

それは、入営して数日後の深夜だった。

消灯後どのくらい時間がたったであろうか、のどがかわいて目が覚めたわたしが、舎外の洗面所で水を飲もうと思い、不寝番（新兵）にことわって、兵舎から外に出た途端、闇《やみ》のなかから剣つき鉄

砲を手にした兵士が、すっ飛んで来た。

「誰《たれ》か！」

兵士は鋭い声で怒鳴った。

驚いたわたしが、反射的に
「鈴木二等兵！」

と、あわてて叫ぶと、

「おい、おい、鈴木ね……」

と、声をやわらげながら、兵士は近づいて来た。

見ると、同じ内務班の古参兵だった。

こんなところで何をしているのか、と訊かれたので、水を飲みに来た、と答えると、古参兵は、

「こんな時間に兵舎の外に出ていると、面倒なことになるから、早く部屋に戻れ。それにしても、衛兵が自分でよかった。他の中隊の者が衛兵勤務についていたら、衛兵所に連行されるところだったぞ」

といったことを、九州弁で早口に言って、兄貴風を吹かせた。

わたしは、どういう事情なのかよくわからなかったが、とにかく、水も飲まずに、そのまま部屋

に逆戻りした。

後日、だんだん事情がわかってきた。旧日本軍では、兵営からの脱走がけっこう多かったのである。夜の点呼後に吹き荒れる古参兵の私的制裁でしごかれた新兵のなかには、人の寝静まった深夜に、矢も盾もたまらず、兵営の塀を乗り越えて脱走しようとする者が居たのである。

そのため、消灯後の兵営は、兵舎内には不寝番が一晩中いて見張っているし、兵舎外には剣つき鉄砲を持った衛兵が、兵舎の外に出て来る不審な新兵はいないか、しじゅうパトロールしていたのであった。

そういうことで、この古参兵は衛兵所にわたしを連行しなかったことで、わたしに恩を売ったと思っているらしく、それからは、わたしに対して何かと親近感をもっているように見えた。

このようなわけで、わたしが入営した当時の西部二十一部隊第一中隊の第一内務班には本格的な私的制裁はなかった。

そのほか、野砲兵とは切っても切れない馬手入れの日課も、私的制裁を少なくする要因だったと思う。

新兵しごきの私的制裁は、古参兵と新兵が内務班の部屋に一緒に居るときにおこなわれるが、野砲兵には、朝食前と夕食前に馬手入れ、夕食後には馬に水を飲ませる水飼《すいがい》があるため、古参兵と新兵が内務班に一緒に居る時間が、歩兵など他の兵科にくらべて、はるかに少なかったのである。

下級将校や下士官に昇進できる幹部候補生への志願は、たてまえでは本人の自由意志だが、実際は画一的な強制であり、第一中隊の学徒兵も、全員が志願させられた。

従って、熱心な志願者も、そうでない志願者も居た。熱心な志願者は、暇を見つけては「軍人勅諭」の暗記などの受験勉強をしていた。と、いっても、起床ラッパから消灯ラッパまでのあいだに、自由な時間がないのが新兵である。教練演習や馬手入れなど所定の日課のほかにも、食事当番に食器洗いや兵舎内外の掃除、内務班内の整頓、それに各自の銃剣の手入れや衣服の洗濯など、山のように用事があった。夜十時の消灯ラッパを合図に、内務班の電灯が一斉に消されてやっと、新兵は雑務から解放されるのである。そのため、熱心な志願者は、消灯後も電灯がついている班長室で、班長に気兼ねしながら深夜おそくまで受験勉強をするのだった。

しかし、わたしの場合は、幹部候補生採用の重要資料といわれる、出身学校の配属将校からの「教練判定」が「幹部不適任」であることが確実なため、最初から幹部候補生試験を投げていたので、消灯後の受験勉強は、一晩も付き合ったことがなかった。

そのうえ、わたしは、徴兵検査の結果が第三乙種のためか、肺門リンパ腺の既往症でレントゲン写真に影がうつるためか、理由はよくわからないが、中隊で数名の「保護兵」に軍医から指名されて、不寝番勤務を免除されていた。

こうして、約一ヵ月ほど兵営生活を体験して、天皇＝現人神の強要は、兵営には存在しないことが判明し、古参兵の私的制裁も、野砲兵の部隊では大したことはないことがわかり、入営前は不眠症だったわたしが、夜十時の消灯ラッパから朝六時の起床ラッパまで八時間近く、ぐっすり熟睡できたのは、意外な展開であった。

軍司令官から面と向かって非国民呼ばわりされたときは、ショックだったが、その後、この件に言及する者は一人もいなかったので、やれやれだった。当時の九州の軍隊には、上智大学のことを知っている者は少なかったし、「上智」を仏教の言葉と誤解して、上智大学を仏教の学校と思っているらしかった。

軍隊生活と切っても切れない関係にあり、朝な夕なに全員で唱和させられるという噂を聞いていた「軍人勅諭」も、すくなくとも西部二十一部隊第一中隊では、朝の点呼のときに時どき「勅諭五箇条」を暗唱させられる程度で、実際の軍隊生活とはほとんど関係がなかった。ただし、軍人勅諭は幹部候補生採用試験では、評判どおりの威力を発揮した。

幹部候補生採用の学課試験の主要問題は、予想どおり「軍人勅諭」から出題された。「勅諭」の忠節の項を謹書せよ、という問題である。「軍人勅諭」をぜんぜん暗記していないわたしには、出来るはずがない。わたしは、「勅諭五箇条」の「一《ひとつ》、軍人は忠節を尽くすを本分とすべし」を書いただけで、そのあとにつづく本文は白紙だった。

正月には、幹部候補生合格者の氏名が発表され、同時に、合格者は上等兵に昇進した。学課試験で「軍人勅諭」の問題が白紙だったし、出身学校からしても、配属将校の「教練判定」からしても、幹部候補生には合格しないだろうと思っていたわたしを含めて、全員が合格していた。前線将兵の死傷者急増により深刻化した、下級幹部の不足を補充するために、従来の基準や慣行は、完全に崩れてしまっていたのである。

幹部候補生に合格しても嬉しくなかった。幹部候補生はさらに甲種と乙種に選別されて、甲種は下級将校に、乙種は下士官に採用されるが、その下級将校にも下士官にも、なりたいとは思っていなかったからである。

ところが、不思議なことに上等兵に昇進したことは嬉しかった。上等兵に成るには、一般現役兵の場合は、成績優秀者で一年かかる。それに、階級章のデザインが好きだった。赤地に黄色い星が三つ並ぶ三つ星である。再役兵（現役任期を終了した召集兵）には、上等兵と下士官の伍長とのあいだに、兵長という中途半端な階級もあったが、そちらの階級章は、赤地に黄色い線が一本の無粋なデザインであった。

新候補生には、上等兵の階級章、幹部候補生の身分を表す徽章《きしょう》（階級章の横につける）、乗馬用の革長靴《かわちょうか》と拍車《はくしゃ》が支給された。

革長靴と拍車を支給されたのは、近いうちに乗馬訓練があることを意味するから、これがいちばん嬉しかった。それからは、暇さえあれば、細かい砂で拍車をみがいて、ぴかぴかに光らせていた。

幹部候補生に合格して間もなく、はじめての乗馬訓練が、厩舎の横手にある馬場でおこなわれた。その日は、たんに馬に乗れるというだけで、なんだか胸がわくわくした。

第一中隊の新候補生は約四十名である。全員が革長靴をはいているが、拍車は付けていない。初心者が拍車を付けると、むちゃくちゃに馬の腹を突くことがある、とのことだった。わたしは、落馬してもいいように眼鏡を外していた。そのころは、頭を保護するヘルメットなどはなかった。

厩舎から馬を引いて馬場に行き、柵ぞいに馬の口を取って一列に並ぶ。

教官は第一中隊付の見習士官で、助手は厩舎勤務の上等兵である。

まずは、馬に鞍をつけて、その腹帯を締める。腹帯はしっかり締めないと、鞍がずれたり、はずれたりの大きな事故の原因になるが、きつく締めすぎてもいけない、と教わる。

つぎは、いよいよ馬に乗る。乗って見ると、これが思ったより背が高くて、高いところから周囲を見おろす爽快な気分になる。

つづいて、馬を歩かせる。

教官が教えるとおり、両膝《ひざ》で馬の脇腹を締めつけるとともに、手綱を握った拳《こぶし》を前方にずらすと、馬はゆっくり（ぎくしゃく？）と歩き出した。もっとも、馬が勝手に前の馬のあとに付いて歩き出したのかもしれなかった。

十メートルぐらい歩いたろうか。

――乗馬って、案外《あんがい》かんたんなのかもしれない。

と思いかけた途端、馬が突然横倒しにぐらつき、次の瞬間、気がついたときは、地べたに投げ出されている自分が居た。

何がなんだかわからないでいると、

「落馬しても手綱をはなすな！」

という教官の怒鳴り声が、聞こえてきた。

はっと我にかえって、馬のほうを見ると、馬は寝ころんで、地面に鞍をこすりつけている。鞍の腹帯をきつく締めすぎたのかもしれなかった。

急いで起きあがり、手綱を拾いあげて、力いっぱい引っ張る。

やっとのことで、馬を立ちあがらせることができたので、腹帯を締め直して、馬の顔を見ると、馬は横眼で涼しい顔をしていた。

すると、さきほどからそばにやって来て、無言で成り行きを見物していた助手の上等兵が、

「馬は頭のよかけん、新兵さんをためしよったとよ」

と、冷たく言った。

第一中隊新候補生の落馬第一号であった。

馬場での基本訓練は三、四回で済み、あとは練兵場での野外騎乗になった。だいぶ後のことになるが、十頭ぐらい横一列になって練兵場の野原を三百メートルぐらい全速力で走ったときは、数年前にアメリカ映画で見た、騎兵隊が大平原を疾走するシーンが頭に浮かんだ。

騎兵でもない野砲兵に乗馬訓練が必要な理由は、「馭法《ぎょほう》」の基礎技能を訓練するためであった。現在の砲兵隊には影も形もない古色蒼然《こしょくそうぜん》の「馭法」とは、野砲につないだ六頭の馬を馭して野砲を移動させる技能である。

馬は二頭ずつ前から前馬《ぜんば》・中馬《ちゅうば》・後馬《こうば》といい、左側の馬に馭者が乗る。この馬を服馬《ふくば》といい、右側の馬を驂馬《さんば》という。馭者は服馬の手綱を左手に、驂馬の手綱を右手に取って二頭を馭する。驂馬の手綱は、ループ部分が一本の鞭《むち》になっている特殊な手綱である。

前馬の馭者・中馬の馭者・後馬の馭者のなかで、後馬馭者の技術が格段に難しい。その難易度を、わたしなりに判定すれば、三対一対六ぐらいの大差があったように思う。

前馬馭者の難しいところは、方向転換の判断であり、後馬馭者が格段に難しいのは、方向転換の実行と停止である。野砲を引いて移動する際に、前進は六頭で分担するが砲車の方向転換と停止は、二頭の後馬だけが分担するのである。

野砲は前車《ぜんしゃ》と称する二輪の台車に連結し、四輪のトレーラー状態にして馬につなぐが、前車の前部中央からほぼ後馬の体長いっぱいに、頑丈な樫《かし》の棒が伸びていて、先端には鉄の鎖《くさり》が二本ついている。この鉄の鎖は、二頭の後馬の輓具《ばんぐ》の胸の付近に連結していて、これが砲車（野砲）のブレーキとなる。砲車を停止させるには、後馬馭者が力いっぱい手綱を引いて、後馬に前肢をふんばらせる。勢いのついた砲車の惰性を止めるのだから。大きな荷重がかかる。従って、後馬には最強の重輓馬が選ばれるが、このような馬は、気性も荒い猛馬が多かった。そんな猛馬を馭する後馬馭者には、技能はもちろんのこと、猛馬に負けない荒い気性の兵隊が選ばれたので、野砲隊の後馬馭者は、「華《はな》の後馬馭者」とも「命知らずの後馬馭者」とも呼ばれて、肩で風を切る存在であった。

第一中隊の新候補生が馭法の訓練をうけたのは、三月から四月の陽春の季節であった。わたしは、いちばん易しい中馬馭者だったが、広い練兵場を早足（馬術の速歩）で馬を走らせると、力強く颯爽《さっそう》と野砲を引いて走る馬の背で、さわやかな春の風を切る涼しい感触は、すかっとした最高に爽快な気分であった。

時には、中学時代に見た米国映画『駅馬車』のなかの、大平原を疾走する駅馬車のロングショットや、インディアンに撃たれた馭者が落とした手綱を、西部劇スターのジョン・ウェインが演ずるリンゴ・キッド（刑務所から脱獄して、復しゅうに向うため駅馬車に乗った男性）が、二列に並んで走りつづける馬の背に飛び移って、拾いあげる劇的なシーンが、頭に浮かんできたこともあった。

馭法の教練が済んで兵営に帰るとき、熊本市内の市街地を走ったことがある。野砲の車輪の鉄環《てっかん》と、乾燥した道路がぶつかり合って、ひどい騒音ともうもうたる土煙だった。だが、あわてて道の傍らによけた市民たちは、土ほこりを巻きあげる馬と砲車を頼もしそうに眺めていた。今の世の中では考えられない光景である。

三月十日の陸軍記念日（一九〇五年の日露戦争で日本陸軍がロシア軍に勝った日）には、師団長の閲兵式がおこなわれた。第六師団管区の歩兵、砲兵、騎兵、工兵などが、広い練兵場に集結して、分列パレードをくりひろげたが、パレードの花形はなんといっても、軽やかに早足で行進する騎兵の乗馬横隊と、整然と隊列を組んで砲車を走らせる野砲兵の手綱さばきであった。

当日の馭者は、第一中隊と第二中隊の古参兵が担当し、わたしたち新兵の幹部候補生は、帯剣に巻脚絆という歩兵と同じ軍装で、ただし銃身が歩兵銃より三十センチも短い騎兵銃を肩にかついで、分列行進をした。

昭和十九年の一月から四月までの期間、第一中隊の幹部候補生は、馭法のほか観測通信および射撃の術科教育をうけた。四門の野砲を有する野砲中隊の戦術を実行する技能の教育である。

馭法は、輓馬機動により、四門の野砲の砲座陣地を戦場に展開する技能である。

観測は、砲座陣地とは別の場所の観測陣地における三角測量によって、目標と各砲とのあいだの距離などの射撃諸元を算定する技能であり、通信は観測陣地と砲座陣地とのあいだに電話通信線を敷設する技能である。そして射撃は、観測陣地から電話により伝達される射撃諸元に基づき、各砲が必要に応じて照準修正しながら砲撃する技能である。

これを要するに、この戦術が想定する戦場は、日中戦争における中国大陸や、陸軍の仮想敵国であるソ連（現ロシア）との戦争がおこなわれるであろうシベリアの広野であり、現在進行形で日米戦争が戦われている南太平洋のジャングルではなかった。

日本がアメリカと戦争をはじめて二年以上、日本軍が南太平洋ソロモン諸島のガダルカナル島のジャングルで、米軍に惨敗してからでも一年が経過し、その同じソロモン諸島のブーゲンビル島では、西部二十一部隊の本隊である野砲兵第六連隊が苦戦中であり、三月には連隊長戦死の急報が知らされた。

そんな時期に、いまだに大陸の広野を戦場に想定する輓馬機動の野戦を訓練していていいのだろうかは、専門的な軍事知識のない素人でも、すぐに考えつく素朴な疑問であった。

しかし、上からの命令や教育には、黙もくとして従わなければならない、思考禁止の旧日本軍にあって、入営してからまだ日の浅い新兵が戦術上の疑問について、これ以上に深く考える余裕はなかった。

軍隊に入営して以来、新聞も読まなければ、ラジオをも聞けない兵営に閉じこめられ、朝から晩までいそがしい日課と、きびしい軍事教練に追いまくられた。

ところが精神的ストレスは意外に少なかった。どうにでもなれと開き直ってあれこれ考えずに、命令されるとおり行動していたからであろう。

起きているときは頭を空っぽにしてからだを動かし、就寝後はぐったり死んだように眠っていたら、四月に体重をはかったときは、五十七キロになっていた。入営時は四十五キロだったから、わずか五ヵ月で十二キロも、体重が増えたことになる。

本土決戦作戦

昭和十九年の五月か六月、入営から約半年後に、西部二十一部隊の幹部候補生は、下級将校に適任の甲種と、下士官に適任の乙種に選別された。

甲種は熊本予備士官学校に入校し、乙種は他の部隊に所属が変わる転属以外の約四十名が、部隊に残って幹部候補生隊（幹部候補生隊）で教育されることになり、同時に伍長《ごちょう》に進級した。わたしは、幹候隊に配属された。

「伍長」は最下位の下士官であり、階級章は赤い台布にモールの金筋が入って、その上に銀の星が一つ付く。最下位の下士官ではあるが、いちばん下の二等兵からは五番目の階級であり、一般兵では、よほどのことがない限りは、なれないのである。軍隊に入隊するまえは、伍長など問題にしてもいなかったのに、いざ銀の星の階級章をつけてみると、偉くなったような気持がしないでもないのが、おかしかった。

幹候隊の兵舎は、営庭を囲む東側に位置する木造平屋づくりの仮兵舎であり、内務班の部屋の模様は、第一中隊の内務班とだいたい同じであった。

しかし、班員を教育する内務班長は、第一中隊のときの幹部候補生出身から下士官候補者出身に変わり、わたしたちの内務班（約二十名）の班長には、同年輩の童顔をした伍長が就任した。

「下士官候補者」は、二年間の現役期間終了時に志願して、さらに一年近く本格的な下士官教育をうけるプロの職業軍人であり、臨時雇《やとい》の幹部候補生や召集兵の下士官とは、ぜんぜん土台から違う。このように長期間の本格的な教育をうけて、やっと伍長になる下士官候補者からすれば、短期間の速成教育で同じ伍長になる幹部候補生の存在は、おもしろくないのも無理ないかもしれないが、下士官候補者は幹部候補生を目の敵《かたき》にしているとは、もっぱらの評判だった。ということで、下士官候補者はできるだけ敬遠したいのが、われわれの本心だった。

幹候隊の生活がはじまって数日後のこと、人員の異常を点検する、夜の点呼が終わったときである。その夜の班長は、「解散！」とは言わずに、「注目！」と大声で号令した。

みながゆるみかけた気持を立てなおすのを見はからった班長は、大げさな身振りで不動の姿勢をとると、

「大元帥陛下のご命令により」

と、勝ち誇ったように宣言した。

当時の軍隊では、「天皇」あるいは「大元帥」という言葉が発せられるやいなや、そこに居る者は、即座に直立不動の姿勢をとらなければならなかった。みなはバネにはじかれたように不動の姿勢

になった。不動の姿勢をとりながら、わたしは〈厄介なことになりそうだ〉と思った。それまでの経験で、「大元帥」という言葉が持ち出されるときは、たいてい無理な命令など、ろくなことがなかったからである。

いっぺんに緊張した顔つきに変わった一同を見まわした班長は、おもむろに訓示した。

「大元帥陛下のご命令により、おまえたちの軍人精神をきたえなおす。寝台に正座して反省せよ」

廊下に整列していた一同は、内務班の部屋の両側の床に並んでいる各自のわら布団の寝台に、不承不承《ふしょうぶしょう》に移動して正座する。

何を反省すればよいのかよくわからないが、幹候隊の内務班に入居して以来、何かしら、ぎくしゃくした雰囲気は感じていた。幹部候補生と下士官候補者は本質的に反りが合わないものなのか、それとも、班長を敬遠するわれわれの心の内を覚《さと》られたのだろうか、などとぼんやり反省する。

しばらく、一同の反省のようすを観察していた班長は、ころあいを見て、

「全員、歯をくいしばれッ！」

と大声で怒鳴った。

全員ビンタの宣告である。ビンタとは、本来は顔の左右側面の横ビンの、髪が生えているところのことだが、軍隊では、このビンタを殴ることを言い、ビンタを食らわすとも言った。全員にビン

タを食らわすのが、全員ビンタである。

みんな、あきらめ顔になっている。

班長は、二十人の列の端《はし》から順に、ビンタを食らわして近づいてくる。ビンタの場所に狂いはない。打ちどころが悪いと、耳の鼓膜が破れたり、鼻血をだしたりするからである。

ついに、班長はわたしの眼の前に来た。その顔には、ありありと優越感が浮かんでいる。

と、つぎの瞬間、眼の奥にぴかっと光が走り、それと同時に
〈さすがに、ゲンコツが石ころのように硬い〉

と感心していた。

中学時代に殴り合いのケンカをしたときのゲンコツは、ぜんぜん痛くなかったことを思いだしたのである。

それからしばらくは、口をあけると、あごの関節が痛くて、食事がよくかめなかった。

もっとも、ビンタを食らわせた班長のほうも、手を痛がっていた。

班長が見せびらかした右手を見ると、手の甲が赤く腫れて、指の付け根は赤黒く変色していた。

それでも、班長は得意顔で、

「おまえたちを鍛えるためだ」

と、減らず口をたたいた。

昭和十九年の六月ごろになると、さすがの陸軍上層部も、南方戦線のほうが北方のソ連（ロシア）との戦争に備える訓練よりも、焦眉《しょうび》の急であることがわかったのか、馭法《ぎょほう》の訓練も、野砲《やほう》から山砲《さんぽう》に移った。

山砲の馭法は、山砲を分解し、駄馬に積載して運搬する技能である。分解した山砲の部品は、縦一列に並んだ六頭の馬に、前脚《ぜんきゃく》、車輪、砲架、揺架、砲身、後《こう》脚の順に積載する。馭者は馬の顔の真正面に向き合って馬の口を取り、ほかの二名が馬の背の左右に別れて、まず駄載鞍《ださいあん》（積載用の頑丈な鞍）を置いてから、両者がタイミングを合わせて、山砲の部品を馬の背に左右均等に積むのである。

これらの部品は、それぞれ約一〇〇キロの重量物であり、しかも重心が不安定な形状なので、馬の背に上手に積むのが非常に難しい荷物だった。下手な積み方をすると、鞍が傾いて馬の脇腹に鞍ずれの傷をつくる。

あるとき、いちばんの難物である砲身を積載する特別に頑丈な砲身馬《ほうしんば》が、砲身を背負ったまま暴れだして、馭者の手におえなくなったとき、教練助手の上等兵が、かわりに手綱をとったら、暴れ馬が見る見るうちにおとなしくなったのには感心した。

引き馬をするときは、手綱を短く持つように教えられていたが、このときの上等兵は、逆に手綱を長く持ち変えて、馬の動きを自由にさせたのである。暴れ馬を力づくで押さえ付けようとしても無理なのであった。

わたしのように、砲身などの重量物を扱うだけの腕力のない非力組には、空《から》の弾薬箱を振り分け荷物にして弾薬馬《だんやくば》に積んで運搬する訓練が、割り当てられた。

ところが、これは弾薬箱の積載こそ易しかったが、弾薬箱を背負った馬の口をとって走らせる訓練が大変だった。馬に引きずられたり、蹴られたりする事故が多かったのである。

わたしも弾薬緊急搬送の演習で、弾薬馬を引いて走らせる訓練をしたとき、馬のスピードを制御できなくなって、手綱をつかんだまま転倒し、引きずられたことがある。怪我《けが》は膝《ひざ》こぞうをすりむいた程度の軽傷だが、ズボンがびりびりに破れたため練兵休《れんぺいきゅう》（病気などにより教練をやすむこと）を命令されて、練兵場から一人で兵舎に帰った。

馬に蹴られる事故に居合わせたこともある。残暑きびしい九月初め、草いきれする練兵場で約二十頭の弾薬馬による弾薬緊急搬送の演習のときである。馬のスピードを制御できずに、手綱を長く延ばしてしまった馭者が、飛び跳ねた馬に、眼の下の顔面を蹴られて転倒した。手綱はもちろんはなしている。

みなの横を走っていた教官が、それに気づいて、「と、まれええ！」と野砲隊特有の号令をかけたが、走っている馬は急にはとまれないから、だいぶ先でやっととまった。暴れ馬も、他の馬と一緒にとまった。

すぐに飛んできた教官は、馬の手綱を拾いあげて、馭者交代要員としてその馬の横に立っていたわたしに、

「ここをつかめ、延ばしたらだめだぞ」

と、きつい調子で言って、馬の口に近い位置をつかんだ手綱を手渡してよこした。

手綱を短く持つように指示したのである。手綱を持つ位置は本当に難しい、と思った。

この時点で演習は中止され、みなは馬を歩かせて兵営に戻った。わたしは暴れ馬を引いて歩いたが、馬はもう何事もなかったようにおとなしかった。

みなと一緒に歩いて兵営に戻った負傷者は、医務室で応急手当をうけてからすぐに、熊本城のそばの陸軍病院に入院した。

その年の十月か十一月ごろ、航空隊の話があるとのことで、幹候隊の全員約四十名は、熊本市郊

外の健軍町（現在は市内）の陸軍飛行場に出かけた。

ところが、健軍飛行場は、飛行場とは名ばかりのただの野っ原で、そこには複葉の小型練習機が、一機ぽつんと置かれているだけだった。日本の航空隊には、こんなおもちゃのような飛行機しか無いのかと、みんなの眼には失望の色がありありと浮かんだ。

飛行機に近づいてみると、一人の背の高い飛行士が、飛行帽に飛行服と半長靴《はんちょうか》（飛行士がはく普通より短い革長靴《かわちょうか》）の服装で、複葉の翼《つばさ》に軽く手をかけたポーズで立っていた。少尉の階級章を付けている。

少尉は、われわれに向かって開口一番、

「きみたち、航空隊に来るか？」

と、事《こと》もなげに言って、みんなの度肝《どぎも》を抜いた。

少尉が職業軍人ではない幹部候補生出身であることはすぐにわかったが、その少尉が「きみ」とか「きみたち」とかの、軍隊では軟弱な言葉としてタブーとされている「学生言葉」を、大勢の前で平然と言ってのけた格好よさに呑《の》まれて、みんなの失望の眼は、いっぺんに羨望の眼に変わった。

それから三十分ぐらい、航空隊に関する質疑応答があったが、その内容は忘れてしまった。誰かが、爆弾をしばりつけた飛行機で敵艦に体当たりする特別攻撃について、質問したような気がするが、それに対して、少尉がどのように答えたか憶えていない。

ただ、若い航空兵少尉の、スマートな飛行服にダンディーな半長靴のりりしい勇姿と、質問に答えるときのニヒルな表情との好対照が、印象的だったことを憶えている。

なにしろ、そのときのわたしたちは、馬糞の臭いがしみついた演習服に、ゴボー剣をつるした帯革を締め、ゲートルにどた靴の、泥くさい服装であった。

兵営に帰ってから、班長は全員を集めて、航空隊に志願するかどうかたずねた。

「志願いたします！」

と、全員が即答すると、班長は満足そうな顔になって、

「眼鏡をかけている者はだめだ」

と、気の毒そうに言った。

数日後には、二名が甲種幹部候補生に昇格して、航空隊に転属していった。

それからしばらくして、沖縄への出陣がささやかれる大規模な動員があり、わたしたちの班長も動員部隊に転属した。

このときは、一年前の硫黄島《ゆおうとう》（？）出陣とはちがって、編成完了した動員部隊が、夕方に近い午後のひととき、営庭で出陣式をおこなった。

営庭に並べられた新品の山砲の砲身が、晩秋の夕日に映えて鈍い光をはなっていた。新品の軍服に身を固めた動員部隊を、部隊長が閲兵しているようだったが、われわれ送る側は、兵舎のなかに閉じこめられて、遠くから眺めるだけなので、詳しいことは見えなかった。

出動も夜中にこっそりおこなわれ、いつの間にか動員部隊のすがたは消えていた。相変わらず、軍事機密の秘匿のためである。

後任の内務班長も、やはり下士官候補者出身だったが、すこし年長で、山砲の砲身を一人で持ちあげる怪力との風評がある、がっしりした長身の軍曹（伍長より一つ上の階級）だった。その赤銅色で、いかつい面構《つらがま》えの鋭い眼光に圧倒された皆は、はじめから従順だった。

その年の十二月だったように思う。乙種幹部候補生に対する軍曹進級の学課試験が実施された。このときの主要な試験問題は、「軍人勅諭」の暗記試験ではなく、漢字の読み方だった。「次の漢字に読み仮名をつけよ」と、「次の仮名を漢字に直せ」という問題である。

とにかく、日本の軍隊には、難しい漢字が多かった。

たとえば、野砲を馬で引く場合、野砲は前車《ぜんしゃ》と称する台車に連結するが、この「連結」は「繋駕《けいが》」であり、この前車の前部から突き出ている太い頑丈なカシの棒は、「轅桿《えんかん》」であった。第一、軍人必読の文章とされていた「軍人勅諭」には、不勉強なわたしなどは読む気がしないほど、難しい漢字が並んでいる。

それにしても、あれほど度《ど》を越して中国の文字に依存していた軍隊の指導者たちが、どうしてあんなに中国人を蔑視したのか、不思議ではある。


昭和二十年に入ると、「飛び石作戦」で南太平洋を北上していた米軍は、ついにフィリピンに到達した。だが、新聞もラジオもない兵営内のわれわれは、爆弾を縛りつけた飛行機もろとも敵艦に体当たりする特攻隊の話題のほかは、レイテ島やルソン島における惨たんたる敗戦の経過を、ほとんど何も知らなかった。

ただ、学課の授業で、教官はおおむね次のような講義をした。

「米軍は、射撃中の火砲の位置を即座に自動測定するレーダーという新兵器を持っているから、従来の作戦は通用しなくなった。これからは、数発射撃するごとに、砲座陣地を移動させなければならないが、それが出来るのは、人力で山砲を移動させる臂力搬送《ひりょくはんそう》である」

ということで、野砲につづいて山砲の駄法訓練も無駄になり、その後の演習は、数発射撃するごとに臂力搬送により山砲を敏速に移動させて、砲座陣地を頻繁に変更する訓練に変わった。

その年の三月ごろからは、アメリカ海軍の艦上機が、ひんぱんに南九州の上空に飛んでくるようになった。三月下旬だったと思う。午後の何時ごろだったか、空襲警報が発令されたとき、わたしは馬の避難を命令された。

旧日本軍では、軍馬は天皇から預った大切な兵器とされていたので、軍馬の安全確保は最優先事項だった。それに、実際問題として、空襲に対していちばん弱い所は、乗馬部隊の場合は厩舎であり、火災の恐怖で厩舎のなかの馬が、一斉に暴れ出したら処置なしである。

その時分はもう馭法の訓練もなくなり、馬とのつながりは疎遠になっていたけれど、何はともあれ、わたしは厩舎に向かった。

急いで厩舎内の通路に入ってゆくと、厩舎勤務の上等兵が、手綱をつけた馬の口を取って待っていた。ところが、馬に鞍がつけてないので、あたりを見まわしていると、上等兵(厩舎勤務の上等兵はたいてい気が荒い)が、

「早《はよ》うせんね!」

と、九州弁でどなって、馬の後ろから、長い柄の竹ぼうきを横なぐりに振りまわした。

ほかの馬を見ると、やはり鞍を置かない裸馬《はだかうま》だった。火急の場合、馬に鞍を正しく付けるのは難しいのである。

馬が驚いて暴れだしたら大変と判断し、わたしが急いで馬を引いて厩舎から外に出ると、二騎ず

つ一組になって適当な場所に分散避難するよう命令された。馬は群れを作る性質があり、単騎で行動すると不安がるのである。

わたしたちは裸馬に跳び乗って、いっ気に営門（裏門）を駆け抜けた。

兵営の営門は、剣つき鉄砲で武装した衛兵が厳重に監視して、兵隊を兵営に閉じこめる関所である。その関所をフリーパスで飛びだすのだから、大げさに言えば、ペガサスに乗って自由の天地にはばたくような壮快な気分がした。

旧日本軍の兵営の生活は、拘束され、監視され、束縛された生活であった。たまの日曜日には外出が許可（部隊によって異なるが、わたしの場合、西部二十一部隊に一年半もいて、二、三回しか休日に外出した記憶がない）されるが、たとえば熊本市内に外出しても、そこには各部隊の巡察隊がパトロールし、憲兵も監視の目を光らせていた。だから、外出も監視つきであり、自由な外出とは言えなかった。わたしが自由な外出を意識したのは、この空襲警報の馬避難のときがはじめてだった。

さて、わたしたちの組は、以前に野外演習で行軍したことがある、兵営から三キロぐらい離れた第五高等学校（現在の熊本大学）付近の、樹木が茂って、上空から遮蔽されている場所に行くことにした。当時、第五高等学校の付近は住宅の少ない寂しい郊外だった。わたしたちは人通りのない場所で馬からおり、雑木林のかげに馬をつないで、少し離れた道ばたに腰をおろした。二頭は、わたしたちがはじめて取り扱う馬だが、温和な馬だった。鞍を付けていないことも、二頭がリラックスしている原因かもしれなかった。

軍馬は鞍やら手綱やら色いろな馬具を飾りつけて、はじめてりりしいすがたになるので、鞍を付けていない裸馬は、いかにも貧相に見える。しかし、それは人間の一方的な勝手というものであろう。馬にとっては、鞍は背中にしばりつける迷惑な荷物に違いない。

二頭は、私たちを信頼しているらしく、おとなしく落ち着いていた。見るとはなしに、それとなくこちらを見ているのである。馬は、決して犬のように無遠慮な眼でじろじろ見たりしない。

わたしは、それまで特定の担当馬をもったことがなかった。馬手入れのときも演習のときも、つねに集団の一員として集団の馬を機械的に取り扱ってきた。だから、わずか二騎で自由行動をとったのは、このときがはじめてであった。

そのためか、兵営の拘束から離れた場所で、二時間ほど二頭の馬と自由な時間を共有しているうちに、この馬たちもやはり、同じ兵営に閉じ込められている同じ運命の仲間であったことに、今さらのように気が付いて、それまでにはなかった親しみを覚えた。

空襲警報は、二時間ほどで解除された。

裸馬に乗るのは、来るときはそうでもなかったが、帰りはさすがにからだが痛かった。馬の背中が大きくて硬いことは、体験してはじめて知った。腰や尻が痛いのはわかるが、肋骨まで痛いのは不思議議だった。腰が痛くて猫背になるためかもしれない。

五月初旬か中旬、兵営から四キロぐらい離れた演習場で、数発射撃するごとに山砲の砲座陣地を移動する演習を実施していたとき、空襲警報が発令されたため、引き綱を付けた山砲を引いて兵営に駆け戻ったことがある。

午後の日差しが強い暑い日だった。五百キロを越える重量の山砲を引いて四キロの距離を走るのだから、みなへとへとに疲れた。わたしも、一年近くの軍隊生活のなかで、このときがいちばん疲れた。

夕方になって、空襲警報が解除されたので、内務班の部屋に戻ると、「東京から両親が面会に来て、熊本駅前の旅館で待っている」と、連隊本部からの連絡があった。

旧日本軍は軍事情報秘匿のため、兵隊の外出を必要以上にきびしく抑制した。とくにこの時期、南九州の第六師団管下の部隊は、本土決戦（日米戦争の最後の勝負を決するため日本本土で戦う）の動員部隊を編成中だったので、なおさらであった。

両親は、連隊本部に連隊副官を訪ねて、特別扱いの外出許可をもらったのである。ただし、夜の点呼後に外出して、午前六時の朝の点呼までに帰隊せよ、という条件つきである。

部隊の正門から外へ出ると、人っ子一人とおっていなかった。部隊の近くから熊本駅まで路面電車の便があるけれど、夜が遅いので走っていなかった。

月は出ていなかった。灯火管制のため、街灯はすべて消され、家々《いえいえ》の灯火も漏れてこない暗闇に、わずかな星明かりが漂って、ぼんやりした家並みの黒い影を浮きあがらせていた。

一時間ほど歩いて、熊本駅の旅館をさがし当てた。

両親は、黒い覆いをかけた弱よわしい光の電灯が一つぶら下がっているだけの、六畳ぐらいの部屋で待っていた。

両親は、甥（熊本予備士官学校を卒業して、西部二十一部隊に配属されていた）からの文通で、わたしが近日中に本土決戦部隊に動員されることを知って（将校には文通の検閲がない）、今生《こんじょう》の別れのため、遠路はるばる面会に来たのであった。

今生《こんじょう》の別れ、と口には出して言わないが、もう二度と生きて会えないのではないかと、両親が思っていることはたしかだった。この秋に米軍が南九州に上陸すれば、南九州を死守するための本土決戦部隊は玉砕するであろう、とほとんどの国民が考えていたのである。

両親は熊本に来る途中、宮崎と鹿児島の親せきのところに寄ってきたとかで、数日間の長旅のためか、煤《すす》けた色のさえない顔をしていた。しかも、宮崎の近くでは、列車が米軍機の銃撃をうけ、停車した列車から線路に下りて、客車のかげに隠れるなど、大変な道中だったらしい。

それでも母は、

「おいしいから食べなさい」

と言って、旅館の調理場で焼いてきた魚の干物を勧めた。宮崎で買ってきたカマスだと言う。空襲の合間に、よくそんな暇があるものだと感心した。

父は、東京の近況を話した。それによると、わたしが居ないあいだに、東京はひどいことになっていた。たびかさなるB29の空襲によって、都内の大半が焦土《しょうど》と化していたのである。とくに、三月十日未明の大空襲では、本所《ほんじょ》、深川、浅草、上野、日本橋の下町一帯は火の海に包まれ、杉並《すぎなみ》のわが家から見る東の空は、照明弾のため真っ赤に輝き、新聞が読めるほどの異様な明るさだったという。

この日の空襲は、編隊飛行ではなくバラバラになったB29の大群が、各方面から東京の下町に低空で侵入し、焼夷弾を雨あられのように投下したのである。

その当時、父はJRの上野駅前にある交通機関関連の会社に勤めていたが、当日、父の会社の近所の道路には、黒こげの焼死体が折り重なって転がっていたそうである。父は当日も出勤したのである。

いまの情報社会では考えも及ばないことだが、わたしは東京がそんなひどいことになっているとは、ぜんぜん知らなかった。なにしろ、当時の兵営は、新聞も読めない、ラジオも聞けない情報遮断の特殊社会であった。

もっとも、厳重な言論統制にがんじがらめに縛られていた当時の新聞を読んでいたとしても、東京の惨たんたる実態は、やっぱり知ることができなかったのである。

三月十一日の朝日新聞を見ると、三月十日零時すぎよりB29百三十機が市街地を盲爆（注・でたらめな爆撃）し、都内各所に火災が生じたが、宮内省の主馬寮《しゅめりょう》（注・皇居内の建物）は二時三十五分、その他は八時ごろまでに鎮火した、という大本営の発表を載せているが、紙面のどこを見ても、都民の被害実態についての記事はない。皇居内の建物の被害は一箇所でも一大事だが、国民の生命財産の被害には見むきもしていない。

もちろん都民の被害は甚大だった。死者は約十万人、焼失家屋は約三十万戸、罹災人口は約百万人にのぼる。しかし、これらのデータが国民に知らされたのは、戦後のことである。

なお、東京大空襲の三月十日は、日本陸軍がロシア陸軍を破った陸軍記念日であり、陸軍軍楽隊が東京の有楽町を行進した、という記事が新聞に載っている。

〝夜半敵機盲爆の十日朝、一夜の凄烈《せいれつ》な戦いが明けたあと、都民の不屈の闘魂を象徴するごとく、軍楽隊は堂々の進撃を続ける。陸軍記念日を期して行われた陸軍軍楽隊必勝演奏大行進の整然たる隊列だ〟（昭和二十年三月十一日、朝日新聞）

演奏行進の目と鼻のさきには、無数の焼死体が放置されているというのに、なんという無神経さであろう!!

また、東京都は十日から十四日まで都電、都バスの料金を無料とし、省線電車（現ＪＲ）は、十日から十二日まで電車区間を無賃乗車させる、という記事も載っている。下町以外の交通機関は、平常どおり運転していたらしい。

だが、三月十一日の新聞のどこを読んでも、空襲による死者に関する記事はいっさい見当たらない。さらに、その後の続報も、死者の数や焼失家屋数などの被害をいっさい報道していない。

このように、空襲の被害はいっさい知らせない情報操作の暗闇社会にあって、当時の人びとの情報入手手段は人から人へ伝える人づての口コミだった。しかし、東京から熊本までの距離は遠いし、兵営は一般社会から厳重に隔離されていた。さらに、わたしの周囲は九州人ばかりで、東京の人間は居なかったので、東京に関する口コミ情報はほとんど無かった。と、いう事情で、わたしは二ヵ月間も東京大空襲の実態を知らなかったのである。

両親から来た手紙にも、東京の実情は書いてなかった。当時は、手紙に空襲の被害でも書こうものなら、悪質なデマを流すスパイとして警察に検挙される暗黒社会だったたし、とくに兵営内では、信書の秘密は完全に無視されていたから、うっかりしたことは書けないのである。兵営から出す手紙（葉書に限られる）も、検閲されるので、兵営内の実情も、文通で知らせることはできなかった。

両親は、本土決戦部隊の動員もさることながら、父の甥が数年前に犠牲になった兵営内の暴力リンチについても心配していた。わたしが家に郵送した写真のなかに、眼鏡を外しているのがあったのも、暴力のため眼鏡をこわされたのではないかと心配していた。これは乗馬訓練のときとった写真だったので、その旨を説明して、やっと両親を安心させた。

翌朝は、朝の点呼に遅れないように五時前に起床し、支度して旅館の玄関に出た。就寝後も一晩中よく眠れなかったのに、朝が来るのは早かった。

両親も、玄関に見送りに出てきた。

わたしは、今生《こんじょう》の別れを意識しながらも、それを両親に見せまいとして、

「それじゃあ」

と、無表情に言ったが、なんだか声がうわずっていた。

父は、むずかしい顔で
「元気でやってこい」

と、そのころ定番のはなむけの言葉を言った。こわばった声だった。

母は心配そうな顔で
「からだに気をつけなさい」

と、無理を承知の気休めを言った。うつろな声だった。

軍服すがたのわたしは、もう一度、

「それじゃあ」

と言いなおして空元気《からげんき》の軍隊式敬礼をすると、思い切って急ぎ足で歩き出し、あとは一度も振り返らなかった。わたしは、ただ歩いた。目前にひかえる運命の時に向かって、一歩一歩引き寄せられて行くよりほかないのであった。


両親と面会してから幾日もたたない五月十五日ごろ、わたしは阿蘇三二四〇六部隊に転属した。本土決戦兵団として動員編成中の阿蘇兵団の迫撃砲連隊であった。

ガダルカナル島でも、アッツ島でも、サイパン島でも、日本軍が負けつづけてきた原因は、本土から遠く離れた太平洋の島々を戦場としたため、本土より海上輸送する兵員、軍需品の補給が困難だったからである。しかし、日本本土を戦場とすれば、海上補給の欠陥を陸路補給の機動性に置きかえることができるので、たとえ武器は劣っていても、必勝の道はある。沿岸海上では航空特攻隊が体当たり攻撃を敢行し、次いで上陸地点において沿岸配備兵団が水際陣地を死守し、最後に陸地内部から決戦機動兵団が出動攻撃する。

以上が、当時の大本営が描いた本土決戦の破れかぶれ戦略であった。

わたしが転属する数日前から、阿蘇三二四〇六部隊に動員された兵隊が、西部二十一部隊の片隅に在る動員部隊用の仮兵舎に、続ぞくと入居していた。

阿蘇三二四〇六部隊の正式名称は、迫撃砲第二〇六連隊で、南九州地区と北陸地区（福井県の鯖江で仮編成）から徴集された現役兵の新兵（十九歳）、補充兵の新兵（三十五歳ぐらいが多かった）、予備役の召集兵と西部二十一部隊などからの転属により編成された。

戦時編成の動員部隊の兵隊は、新品の軍服を着ているから、ひと目でわかる。それまでも、どこからともなく集まって来て、仮兵舎に入居した兵士たちが、新品の軍服を着ては、いつの間にか消えていった。なかには、一度出ていったものの、輸送船が撃沈されたとかで、人数が半分ぐらいに減って戻ってきて、しばらくして再度出ていったケースもあった。

阿蘇三二四〇六部隊の兵士にも、動員部隊用の新品の軍服が支給された。しかも、この軍服の腕には、それまでは見たことがない「日の丸」のマークが縫いつけてあった。兵団名称ゆかりの阿蘇の火の山と、本土決戦時の特攻精神を表す兵団マークである、という説明であった。

ところが、兵器の装備は、迫撃砲連隊なのに、迫撃砲はどこにも見当たらず、兵隊には銃剣、下士官には軍刀（騎兵刀）が支給されただけであった。日本軍は米軍と比較して、兵器の装備は劣っているが、兵隊の精神力が優れているとの説明だったが、砲兵連隊に火砲が無いのでは話にならない。

阿蘇三二四〇六部隊の出動が目前に迫った五月下旬のある日、沖縄出身の現役の新兵が、内務班で半狂乱に暴れる事件があった。

仮兵舎の内務班は、寝室、食堂、休養室を兼ねる板敷きの大部屋だが、この大部屋の中央を東西に横切る廊下には、銃剣をつり下げるための銃架が、備えつけられている。

何かと落ち着かない出動待機中の昼食が済んでしばらくしたころ、内務班の北側の部屋の新兵がとつぜん物も言わずに、銃架に並んで掛けてある銃剣を片っぱしに鞘《さや》から引き抜いて、廊下をはさんだ反対側の部屋にぶん投げはじめたのである。それは、沖縄県出身の現役の新兵だった。沖縄県は南九州の第六師団管区に属していたのである。

さいわい皆はすばやく体《たい》をかわしたので、怪我人は出なかったが、週番士官（人員の異常を検査する将校で一週間の交替勤務）の取り調べの結果、その新兵を陸軍病院の精神病棟に、即時入院させることに決定した。

このときちょうど、週番下士官（週番士官の補佐）の勤務についていたわたしは、この新兵を病院に護送することになった。陸軍病院の精神病棟は、兵営から四キロぐらいの健軍町に在るとのことであった。

この新兵は現役兵だから十九歳の若者である。堅く口を結んで、青ざめた顔が引きつっていた。腕力にはぜんぜん自信のないわたしには、腕っ節の強そうな現役兵二名が用心棒として付けられた。

引率者のわたしが先頭に立ち、あとにつづく用心棒の一人が、若者の腕をしっかりつかみ、もう一人が若者の動きを後ろから監視する一列縦隊で歩いたが、三人とも腰の帯剣を若者にうばわれないよう最大の注意を払った。

陸軍病院に到着すると、すでに連絡はついていた。すぐに衛生兵が玄関に出てきて、四人を廊下が頑丈な鉄格子でしきられている場所まで案内してくれた。そこが、精神病棟の入口であった。

入口には、軍帽をかぶって白衣《はくい》を着た（陸軍病院の入院患者はみな白衣を着ていた）三十歳ぐらいの男が、鉄格子の向こう側から、こちらをじっと見ていた。

衛生兵は鉄格子の鍵をあけ、若者の肩を軽く押した。若者はふらつきながら中へ入る。

すると、入口の横に立っていた白衣の男は、いきなり若者に近づいて声をかけた。

「面倒を見てやるから心配するな」

そのようなことを言ったように見えたが、定かではない。

若者は、古顔の馴れなれしいふるまいに一瞬ぎょっとして立ちすくんだが、後ろの鉄格子をしめた衛生兵にうながされて、観念したように衛生兵に連れられて精神病棟の奥の方に入っていった。

陸軍病院から帰営の途中で、同行の二人から聞いた話によると、若者は沖縄に居る近親者の安否をひどく心配して、ノイローゼになっていたという。

彼が現役兵として阿蘇兵団に入隊したのは五月十日ごろだった。米軍が沖縄本島に上陸したのは四月一日だから、米軍の上陸以来一ヵ月が経過していた。当然に、激戦が展開されているはずであり、その戦場には、彼の近親が住んでいるのである。彼が近親者の安否を心配するのも無理なかった。ところが、同室の本土出身兵士たちは、沖縄戦の真相とくに住民の惨状をまるで知らなかった。

阿蘇兵団の兵士達は、大半が五月十日に召集されたのだから、それまでは新聞も読み、ラジオも聞いていたはずである。ところが、その新聞とラジオが、沖縄戦の実態をぜんぜん伝えていなかったのである。試《こころ》みに、五月十日以前、十日間の朝日新聞を読んでみる。

五月一日の紙面には、大本営発表が、「陸海空に沖縄の敵を連続猛攻、三十八艦船撃沈」の大見出しで、次のように報道されている。

一、我が陸軍部隊は敵に多大の損害を与えて勇戦敢闘中なり。主な戦果、次の如し。
〈人員殺傷〉約一八、三〇〇人〈戦車破壊〉二九四両〈飛行機撃墜破〉九十七機
二、我が航空部隊は敵艦船を攻撃中にして、敵に多大の損害を与えつつあり。
〈撃沈〉戦艦もしくは巡洋艦一隻、巡洋艦四隻、駆逐艦二隻、輸送船二隻、油槽船一隻、艦種不詳十五隻
右攻撃に参加せる航空部隊の大半は特別攻撃隊なり。
三、我が水上特別攻撃隊は、敵艦船を攻撃し、次の戦果を得たり。
〈撃沈〉駆逐艦二隻、輸送船三隻、大型艦二隻、艦種不詳一隻

以上が五月一日の紙面に載った戦況報道であるが、その後の続報を見ると、五月三日には「敵艦四隻を轟沈破」、四日には「敵の攻撃再び頓挫」、七日には「空母等二十一隻撃沈」、八日には「敵第

二十四軍団、二個師潰滅す。敵は海兵隊を繰り出し必死増強」などの見出しで、沖縄戦の戦況報道が載っている。

こんなことで、これら一連の戦況報道は、米軍の損害に関しては詳細な数字の誇大戦果を発表しているが、日本軍の損害は、体当たりの自殺攻撃を敢行した特別攻撃隊の存在を発表するだけで、損害の概数さえ明らかにしていない。さらに、激戦の戦場に居るはずの多数の沖縄県民の動静に関しては、五月一日から九日までの紙面のどこをみても、なにひとつ報道されていない。沖縄県民が完全に無視されているのである。

しかしながら、本土在住の沖縄県民であるあの若者が、阿蘇兵団に入隊した五月十日までに、沖縄住民の惨状に関する幾つかの口コミ情報を知っていたとしても、不思議なことではない。それは、新聞やラジオが発表していない「東京大空襲」の被害実態が、人づての口コミ情報で伝わっていったのと同じである。当時の日本国民は誰もが、大本営や新聞が隠している重要情報は、人づてのクチコミで入手していたのである。

それなのに、当時の日本の差別社会は、沖縄県民が新聞、ラジオの伝えない沖縄戦の情報を知っているのは、アメリカのスパイだから、と決めつけていた。

このような不当な差別に対する反発と、住民無視の戦場に残る近親者の安否を気づかう不安心理が複合して、爆発点に達したとき、この沖縄出身の新兵は、抜き身の銃剣を片っぱしから、本土出身の兵士たちにむかって投げつけたのではないかと思われる。

五月末だったと思う。阿蘇三二四〇六部隊は、深夜ひそかに西部二十一部隊の兵舎から出動した。就寝中に突然たたき起こされたわたしたちは、熊本駅か、その付近の鉄道線路から軍用列車に乗車した、と推測される。推測される、と言うのは、不思議なことに、出動のときわたしがいったい何をしていたか、ぜんぜん記憶がないからである。

一年半前に西部二十一部隊の召集日時に遅れて、どうなることか心配しながら東京から熊本に駆けつけたときも、同じような記憶喪失を経験しているが、いずれの場合も、人生の一大事に際会して、過重なストレスのため、一時的にある種の心身喪失の状態になったのであろうか？

それとも、深夜出動の場合はもっと生理的な現象であり、就寝中に突然たたき起こされて寝ぼけていたため、記憶機能が眠っていたのか、或は、乗車した列車ですぐに寝こんでしまったため、記憶が消滅したのだろうか。あるいは、光刺激の無い暗闇《くらやみ》の光景は、人間の記憶装置に痕跡を残しにくいのだろうか？

いずれにしても、わたしが西部二十一部隊に入営して一年半のあいだに、動員部隊の編成は何度もあったが、編成完了した部隊は、いつも深夜にこっそりと出動していった。

そのなかで、西部二十一部隊の現役古参兵を主力とする動員編成は二度あった。一度は夜おそく暗やみの営門を出て行く部隊の後ろ影を、遠く離れた兵舎の前から見送った。二度目は、午後のひととき営庭に新品の山砲をならべて、出陣式をおこなう動員部隊を、兵舎のなかからそれとなく見送った。

だが、西部二十一部隊と縁が薄い動員部隊の場合は、どこからともなく動員部隊用の仮兵舎に集まって来ては、短時日のうちにいつの間にか煙のように消えていた。阿蘇三二四〇六部隊も、煙のように消えていった動員部隊だったのである。

とにかく、旧日本軍は軍事情報の秘匿を、すべてに優先した。その分、肝心かなめの基本戦略や作戦計画がおろそかになったのだろう。

阿蘇三二四〇六部隊（以下、単に部隊という）の出動で、わたしが最初に記憶している風景は、山あいの小さな駅である。この駅に退屈するほど長い時間、停車している列車にわたしが乗っていた、おぼろげな記憶がある。その駅は、山あいの路線分岐駅だったので、今から考えれば、ＪＲ肥薩線と吉都線の分岐駅である吉松《よしまつ》駅だったように思う。

いずれにしても、記憶機能を回復したわたしは、大口町《おおぐち》（吉松駅から北西約十キロ）の町はずれに在る小学校に宿営していた。鹿児島県北部内陸部の大口町付近は、米軍の上陸が予想される薩摩《さつま》半島・吹上浜《ふきあげ》と大隅《おおすみ》半島・志布志《しぶし》湾のどちらにも、速やかに機動出撃できる両にらみの地点である。阿蘇兵団は、この地域で後方待機の決戦機動兵団の作戦を準備することになった。

部隊が大口町に移駐してしばらくしたある日の昼すぎ、兵団司令部の作戦参謀と称する大尉が、小学校の職員室を借りている連隊本部（部隊の本部）に徒歩でやって来て、一名の下士官に二頭の馬を付けて出すよう要求し、わたしが選ばれた。

参謀とわたしの二騎は、町外れの小学校から市街地を通り抜けた先の丘陵地帯に向かった。調査目的は、内陸部に進出してくる米軍に対する作戦計画の立案らしかった。

——迫撃砲はあるの？

と思ったが、そんなことを質問できるはずもなかった。

参謀は、何も言わずに独り黙もくとして、地図と実地を照らし合わせていた。何も言わないのは、軍事機密秘匿のためである。

だが、軍事機密の秘匿を完全に実施するためには単独行動が必要なのに、単騎で野外騎乗するだけの自信はないのだろう。

この日の調査項目は、山中の砲座陣地への進入路の確認と、砲口前の射界をふさぐ樹木の繁茂状況などのようで、二時間ぐらい山の中を歩いたのち帰路についた。

山から下りて市街地に入ったところで馬から下りた参謀は、空馬《からうま》(人が乗っていない馬)を引いて帰るよう命令した。町はずれの小学校までは、相当に距離がある。

わたしには、乗馬して引き馬をした経験はなかった。乗馬して引き馬をする場合、引き馬の手綱は、自分のからだから離れた位置の横手で腕を浮かして握ることになるので、しっかりと握るのが難しい。しかも、このときの手綱は、普通の一本手綱ではなく、大勒《たいろく》手綱と小勒《しょうろく》手綱を組み合わせた二本手綱だったから、なおさらである。

手綱を落として放馬《ほうば》(馬が勝手にどこかに行ってしまうこと)したら、どうしようかと心配だったが、なんとかかんとか、二キロぐらいの道のりを引き馬の手綱を落とさずに、部隊までたどりつくことができた。

こうして阿蘇兵団は、南九州の内陸部で一ヵ月近く後方待機の決戦機動兵団としての作戦を準備したのちに、第一線の水際陣地を死守する沿岸配備兵団に任務変更された。

六月下旬、部隊は米軍の上陸が予想される、薩摩半島西岸の吹上浜の背後に連なる丘陵地帯に移動した。以後、部隊はもっぱら洞窟陣地などの陣地構築に従事する。

しかし、肝心の迫撃砲とその弾薬は相変わらず姿《すがた》を見せず、そのかわりに大量の爆弾が、丘陵地帯に野積みにされていた。飛行場の近くでもないのにと不審に思ったが、そのときの説明では、この爆弾は対戦車爆雷に改造するとのことであった。

爆弾を背負った兵士が戦車に体当たりして自爆する陸上の特攻作戦が、すでに沖縄戦で実行されていたことを知ったのは、戦後になってからだった。これが、「武器はなくても特攻精神がある」と呼号した「本土決戦」の正体だったのである。

連隊本部は、山腹の樹木におおわれたバラックだった。簡単にいえば、夏の海水浴場の、よしず張りの脱衣所のヨシを割り竹にかえた感じである。

わたしの住居は、本部から十数メートルゆるやかな坂を下った、木立の葉かげに在った。もう一人の下士官と同居して、二人がやっと横になれる程度の広さの、太い竹の柱と細い割り竹で出来た、高床式の掘っ建て小屋であった。

電気は本部には来ていたが、灯火管制のため、薄暗い電灯にさらに黒い覆いを掛け、それも消灯したあとの夜間は、山の中のすべての方向の空間が、原始時代の暗闇になった。

だが、そんな原始時代の暗闇のなかに居ることに、そのときは気が付かなかった。そんな余裕はなかったのである。それに気が付いたのは、後日、戦争が終わった日の晩に、灯火管制が解除された山麓のあちこちの民家から、電灯の明かりが漏れてくるのを見たときであった。

戦局のほうは、沖縄の日本軍は六月下旬についに全滅し、それと前後して、米軍のＢ29戦略爆撃機による、日本全国の中小都市に対する空襲が激化した。

九州においても、鹿児島市が六月十七日（夜）のＢ29一一七機、福岡市が六月十九日（夜）のＢ29二二一機、熊本市が七月一日（夜）のＢ29一五四機（Ｂ29の機数は戦後の資料）の焼夷弾攻撃により、焦土と化した。

熊本市の空襲では、西部二十一部隊の兵舎も全焼し、戦時編成に動員されずに残っていた、幹候隊の同期が戦死した、という知らせがあり、

――運命とは、わからないものだ。

と、みなそう言っていた。

なお、戦後になって、いとこから聞いた話では、いとこは、西部二十一部隊が空襲された日はちょうど週番士官の勤務で営庭の中央に居て、火の海に包まれたときは、もうだめかと観念した、とのことだった。

私たちの部隊が展開している薩摩半島西岸の山間部にも、時どき沖縄の基地から、米軍の戦闘機が飛んで来た。日本軍の飛行機は一度も飛んでこなかったし、対空砲火もないから、米軍の飛行

機は一機ずつ気軽に飛んできては、我が物顔に上空を飛びまわって、あたりかまわず機銃掃射をしていった。米軍のパイロットは、サンダルを突っ掛けた軽装で物見遊山にでも来るように飛んでくる、というもっぱらの噂であった。

最初は、山あいにこだまして増幅するバリバリバリッというすさまじい銃撃音に生きた心地もなく、バラックの竹壁の後ろにへばりついたが、そのうち山の中で樹木のかげに居れば、上空からの銃弾は当たるものではないことがわかると、空を飛ぶ飛行機は好奇心の対象になった。

なにしろ、飛行機といえば、当時のわたしは地上に置かれたおもちゃのような日本軍の練習用飛行機と高い空を編隊で飛行する米軍の大型爆撃機を見たことがあるだけで、低空を飛ぶ飛行機を近くで見たことがなかった。

だから、癪にさわるのだけれど、奇抜な設計をした双胴のロッキードＰ３８戦闘機が、眼の前の山あいの低空を、滑るように飛行する勇姿?には見とれてしまうのであった。

米軍機は機銃掃射だけではなく、時には小型爆弾を落とし、時には葉書ぐらいの大きさの宣伝ビラをまいた。宣伝ビラには数種類あったが、今でも記憶しているのは、「軍国日本にも、二宮尊徳のような立派な民間人も居た」と言うような内容であった。

部隊が、米軍上陸の予想地点である薩摩半島西岸に配備されて約一ヶ月後の八月六日、米軍は広島に原子爆弾を投下した。わたしがこのニュースを知ったのは二日後であった。

八月八日の昼すぎ、誰かが山麓の民家から、その日の新聞をもらってきた。一面トップに「広島へ敵新型爆弾」と大見出しで、次のような八月七日付の大本営発表が載っていた。

一、昨八月六日、広島市は敵B29少数機の攻撃により相当の被害を生じたり。

二、敵は右攻撃に新型爆弾を使用せるものの如きも詳細目下調査中なり。

この大本営発表に並んで、「落下傘つき、空中で破裂」の見出しで、次のような解説記事も載っている。

〝六日午前八時過ぎ敵B29少数機が広島市に侵入、少数の爆弾を投下した。これにより市内は相当数の家屋の倒壊と共に各所に火災が発生した。敵はこの攻撃に新型爆弾を使用したもののごとく、この爆弾は落下傘によって降下され、空中において破裂したもののごとく、その威力に関しては目下調査中であるが、軽視をゆるさぬものがある〟

以上のように、大本営発表にも新聞の解説記事にも「新型爆弾」とあるだけで、「原子爆弾」の言葉はなかった。

しかし、新聞を見に集まってきたなかの誰かが、これは原子爆弾かもしれない、と言った。その当時、日本は最後の大逆転の切り札として、火薬を使用する普通の爆弾とはちがう、原子を使用する原子爆弾という凄い破壊力の新兵器を研究している、といわれていたのである。

その最後の切り札まで、アメリカのほうが先に開発したとなると、日本もいよいよ崖っぷちに追いつめられた、と思わざるをえなかった。

いずれにしても、空襲の被害を完全無視してきた大本営が、「相当の被害を生じたり」と発表したのだから、よほど大変な被害が出たに相違ないと、思った。

広島につづいて、長崎にも原子爆弾が投下されたことは知らなかった。ほとんどの国民が、広島のほうは知っていても、長崎のほうは知らなかったのではなかろうか。

当時の新聞（朝日新聞）を調べてみると、長崎に原子爆弾が投下されてから三日も過ぎた八月十二日の朝刊一面の端《はし》のほうに、「長崎に新型爆弾」の小さな見出しで、二段組たった七行の記事が載っているだけで、これ以外の関連記事は、紙面のどこにもない。

その記事は、西部軍管区司令部の発表であるが、ひとごとのような文章で、こう書いてある。
一、八月九日午前十一時ごろ、敵大型二機は長崎市に侵入し、新型爆弾らしきものを使用せり。
二、詳細目下調査中なるも、被害は比較的僅少（注・少ない）なる見込み。
このように、死者七万人以上と言われる大惨事となった長崎への原爆投下は、たった七行の「被害は比較的僅少なる見込み」で片づけられ、その後の続報もないのである。

なお、長崎原爆に関しては、「大本営発表」がないことも問題である。

日米戦争中、大本営（天皇に直属の最高司令部）の戦況報道を担当した大本営報道部は、足掛け五年間に八百回以上の「大本営発表」をおこない、米軍の本土空襲に関する報道も、昭和二十年三月の東京大空襲はじめ、名古屋、大阪、神戸に対する空襲、八月の広島への原爆投下、すべて「大本営発表」である。ところが、広島原爆から三日後の長崎への原爆投下は、突如として出先機関の西部軍管区司令部発表になっている。

「大本営発表」といえば、戦後は誇大戦果、損害隠しのウソの代名詞のようにいわれているが、長崎原爆に関する、「被害は比較的に少ない見込み」という大ウソ発表は、出先機関の西部軍管区司令部に肩代わりさせている。なんという無責任、何というでたらめだ。

戦後になって、原子爆弾の使用は実際は必要なかった、という意見も言われている。その論拠は、「日本全土に対する、アメリカ軍の徹底的な戦略爆撃と海上封鎖の結果、日本の工業は壊滅し、食料事情は飢餓状態になっていたから、日本の降伏は原子爆弾がなくても確実だった」という常識的な判断である。

しかし、それはあくまでも常識人の判断であり、当時の日本の半狂乱の非常識な戦争指導者には通用しない論理である。彼らは、原爆が投下されたあとでさえ、「一億玉砕」（全国民の玉砕）をさけんでいたほどである。

したがって、原爆投下がないときは、アメリカ軍の日本本土上陸作戦は不可避だったであろう。その場合、アメリカ軍上陸予定地の沿岸死守兵団に所属していた私の戦死は確実であった。

現実は、あろうことか長崎が原爆の犠牲になった。長崎は、豊臣秀吉や徳川幕府の二百余年の苛酷なキリシタン迫害に苦しんだ土地である。その長崎の、信心深い優等生のカトリック信者がおおぜい犠牲になった一方、落ちこぼれ信者のわたしは、南九州のアメリカ軍上陸予定地に居たのに生き残った。運命とはいえ、申しわけないことだ、と思う。

長崎原爆について、わたしが知ったのは、終戦後かなりたってからであった。

終戦

昭和二十（一九四五）年八月十五日、戦争はとつぜん終わった。

ずっと戦争は負けていたが、日本は絶対に降伏しないから、すくなくとも自分の生きているあいだに、戦争が終わることはないだろう、と思っていたのである。

その日は、朝から驚かされた。天皇がラジオで国民に呼びかけるというのである。その当時の天皇は、現人神《あらひとがみ》として畏敬的な秘密に蔽《おお》われ、その肉声を聞いたことがある国民は皆無に近かった。その天皇が、とつぜんラジオで全国民に話しかけるというのだから、それは破天荒の一大異変であり、わたしが一番さきに思ったのは、現人神はどんな声をしているだろうか、であった。

それにしても、それまで完全に国民から引き離されていた天皇が、雲の上からおりてきて、直接、全国民に話しかけるのだから、よほどの一大事には違いなかった。

「戦争はいよいよ重大な局面になっている。全国民は一億玉砕の覚悟をきめてくれ」という激励のお言葉に違いない、と言う者が多かった。というより、その声が大きかった。

わたしは、〈ほかに何か良い提案があるのかもしれない〉と、考えてみたが、みなが徹底抗戦の気勢をあげているときに、そんなことを話したら、裏切り者にされるのが落ちだから、黙っていた。

正午まえに部隊長と副官以下、本部勤務の十数名は、本部から少し下った広場に置かれたラジオの前に集まった。わたしは、軍隊に入隊したときから一年九ヵ月ぶりに、ラジオを聞くのである。

ラジオは雑音がひどかった。そのときは、アメリカ軍が妨害電波を出していると言われていたが、戦後にわかった真相では、日本軍が妨害電波を出していたそうである。

正午の時報。副官が「気をつけ！」の号令をかけ、皆いっせいに不動の姿勢をとる。

「君が代」の演奏につづいて、はじめて耳にする天皇の肉声が、ラジオから流れてきた。詔書を朗読する声である。ガーガーいう雑音のため、何を言っているのかわからないけれど、音声は聞こえる。

それは、一般人とはぜんぜん違う奇妙な抑揚の、独特な声であったが、同じ人間の声には違いなく、神秘性はなかった。

詔書の内容は、雑音の合間にところどころ聞きとれる箇所も難しい言葉ばかりで、さっぱり理解できなかった。だが、その活気に欠ける朗読の無感情な響きには、「一億玉砕」を国民に命令する迫力はなかった。かといって、「日本は負けた」とも、「降伏する」とも言っていないようなのである。

天皇のラジオ放送は終わったが、内容がわからないので、皆ぽかんとして部隊長を見た。

司令部からの連絡で、まえもって詔書の内容を知っているらしい部隊長は、「恐れ多くも、大元帥陛下におかれては、タエガタキヲタエ、シノビガタキヲシノベと命令された。おまえたちは腹も立つだろうが辛抱せよ、というご命令である。」と、訓示した。

旧日本軍では、どんな場合にも、上官の訓示が付き物だったが、その訓示は、「大元帥陛下の股肱《ここう》（信頼できる部下）として皇恩《こうおん》（天皇の恩）に応《こた》えよ」とか、「大御心《おおみこころ》（天皇の気持）を奉じて軍人の本分を尽くせ」とか、天皇に始まって天皇に終わるのが特徴であり、不動の姿勢で聞かねばならなかった。

だが、この日の部隊長は、天皇に言及した最初の部分を過ぎると、皆に「休め」と命令してから、急にくつろいだ態度になって、今までにはない雑談のような訓示をつづけた。

詳しくは忘れたが、それはだいたい「これからの日本は大変な世の中になるだろう。しかし、世の中というものは、辛抱していれば、いつかは必ず良い時があるものだ」というような内容であった。

部隊長のように、陸軍士官学校を卒業した職業軍人の上級将校が、天皇を離れて、軍隊以外の世の中に関する雑談のような訓示をするなどは、それまでには考えられないことなので、何か異常事態たとえば、日本の降伏なども考えられた。だが、部隊長もやはり「日本は負けた」とも「降伏した」とも、はっきりしたことを言わなかった。

そんな情況で、誰も部隊長の言わないことを質問できるはずもなく、みんな押し黙っていたが、おそらく猜疑の表情があらわれていた、と思う。

その場の居心地が悪くなったらしい部隊長は、思い直したように、

「書類を焼却しよう」

と言い残して、本部のほうへ帰っていった。

それを機会に、さきほどから怒ったような顔で、一点を凝視していた副官が、

「解散！」と、たたきつけるように怒鳴った。

解散しながら、わたしは考えた。

――書類の焼却とは、ただごとではない。それに、部隊長が「せよ」ではなく、「しよう」と命令するのも異常である。たしかに、この部隊長は、日本軍の将校にしては珍しく、偉そうにしない温厚な人物だが、部隊長クラスの上級将校が、「しよう」と、控えめに命令するなど、普通ではありえない。

と、考えてきたとき、

――日本は降伏したのだ！

と、わたしは悟った。「書類を焼却しよう」という部隊長の言葉が、判断の決め手であった。

それでは、これからの日本は、いったいどうなるのかは、見当もつかなかった。

しかし、一つだけはっきりしたことがあった。それは、いままで神であった天皇が人間となって、人間の声で話しはじめたことである。わたしには、この日の天皇のラジオ放送は、天皇＝現人神の虚構を白日のもとに粉砕した歴史的な第一声のように聞こえた。

ところが、いままで現人神＝天皇を信奉しているように見えたみんなが、人間の声で話しはじめた天皇に、ショックをうけているようすは見あたらなかった。本当は、ショックをうけているのかどうかもはっきりしなかった。その当時は、不敬罪への恐怖のため、天皇観について語り合うことはタブーだったので、各人の本当の天皇観は知ることができなかったのである。

その日（八月十五日）の晩は、連隊副官が若い将校を二十人ぐらい本部に集めて、夜おそくまで酒を飲んで大騒ぎをした。

陸軍大尉の副官は、三十歳ぐらいの年輩だが、親分肌の性格のため、日頃から若い将校たちを掌握していたのである。

前夜まで灯火管制のため電灯にかぶせていた黒い覆いや、壁面の黒いカーテンを外しているので、本部の電灯の明かりが、おおっぴらに外にもれていた。

彼らが酔っぱらって口ぐちに泣きわめく声は、十数メートルはなれた、私の小屋まで筒抜けに聞こえてくる。

「本土決戦はどうなったのだ!」

「今までだましていたのか?」

「負けるぐらいなら死んだほうがましだ!」

「玉砕した特攻隊はどうなるんだ?」

なかでも、副官はひときわ大きな声で、

「腹を切って陛下(注・天皇)におわびする」

と、わめいていた。

こうして、前の晩までは、原始の暗やみに沈んでいた本部の建物から、いつまでも電灯の明かりがもれていた。

しかし、一夜が明けて翌朝は、前夜の騒ぎがウソのように、静かな朝であった。

ほんとうに腹を切るかもしれないと思わせた副官も、その他の若い将校も、誰ひとり腹を切った者はいなかった。

——そうなのだった。きょうからは、もう死なずにすむ世の中になったのだ。

そう気付くと、肩の力が抜けていった。

——だが、そのためには、誰かが身代わりになって死んでくれたのだ。

そう気付くと、こころは晴れなかった。

もちろん、わたしも、米軍の南九州上陸作戦が、予定どおり二、三ヶ月後に実施されたならば、沿岸陣地死守の阿蘇兵団の一兵士として、玉砕は確実の運命だったのだから、危ういところを命拾いしたのであった。

だが、同世代の多くの若者が、「飛行機に爆弾をしばりつけて敵艦に体当たりする、無残な「特攻」作戦によって死んでいった苛酷な現実のうえに、自分は生き残ったのだという厳然たる事実が、これから背負って行かなければならない負い目になった。


それから数日間は、若い将校たちが、日本が負けたのは、国内に国を裏切るスパイが居たからだ、と騒いでいた。

アメリカ軍が沖縄住民をスパイに訓練して、潜水艦で深夜ひそかに薩摩半島の海岸に上陸させている、というデマも飛んでいた。降伏した日本軍には、いまさら軍事機密もスパイの心配もないはずなのにである。軍事情報の秘匿とスパイさがしにうつつを抜かして、肝心の軍事作戦が抜けていた日本軍の特性は、降伏後も残っていたのである。

拳銃を武器にゲリラ作戦をやろう、と呼びかける若い将校もいた。武装解除になっても、拳銃なら隠しておける、と言うのである。

そんな見習士官に誘われて、わたしと本部勤務の上等兵とで、本部に保管してあった拳銃と実弾を持ち出して、拳銃の射撃練習をしたこともあった。長方形の板を二十メートルぐらい先に立てかけて、「立ち撃ち」の姿勢で射撃したが、拳銃の命中精度の悪さにはあきれた。拳銃でゲリラ戦などは、とてもできる相談ではなかった。

一方、日中戦争に従軍した経験のある下士官のなかには、アメリカ軍が上陸してきたら、自分たち軍人を皆殺しにするだろう、と話す者もいた。日本軍も中国兵の捕虜を皆殺しにした、というのが、その根拠であった。

終戦から一週間か二週間して、部隊の武装解除がおこなわれた。と、いっても、迫撃砲連隊であるわれわれの部隊には、肝心の迫撃砲が最後まで、一門も見あたらなかった。

わたしは、小銃を回収して、兵団の兵站《へいたん》基地（軍需品の供給・補充を任務とする機関）に運搬するよう命令された。この小銃も部隊全部で五十丁たらずしか無く、トラック一台分の積み荷だった。

部隊から十キロぐらい離れた兵站基地に到着すると、検収事務所の受付に座っていた下士官は、小銃の数量の検収はしないで、そのかわりに、疑い深い眼をして、

「御紋章《ごもんしょう》は削ってきたか?」

と、不機嫌そうに訊いた。

わたしが、削ってこない旨を答えると、下士官は眼を三角にして、

「兵団命令が出ているのに、命令を聞けないのか!」

と、けわしい声でとがめた。

旧日本軍で、「御紋章」とは、天皇家の紋章である十六花弁の菊花紋のことであり、一般には「菊の御紋章」と呼ばれていた。

戦前の日本では、この「菊の紋章」が、天皇の絶対的権威を国民に浸透させるために、さかんに利用されていたのである。

まず、それは児童を教育する尋常小学校からはじまった。

当時の小学校では、四大節《しだいせつ》と呼ばれる、年に四回の祝日、すなわち、四方拝(一月一日)、紀元節(二月十一日の建国記念日)、天長節(四月二十九日の昭和天皇誕生日)、明治節(十一月三日の明

治天皇誕生日）には、児童を学校に登校させて、御真影《ごしんえい》（昭和天皇の写真）に拝礼させていた。

その際に、菊の紋章をかたどった紅白の干菓子を児童に与えて、花びらが十六の菊の花は、天皇陛下の紋章として使われる有りがたい花である、と教えるのだった。

小学校から中学校に進学すると、軍事教練が必須科目となり、中学二年生からは、軍隊とおなじ三八式歩兵銃（日露戦争直後の明治三十八年に制定された小銃）を持たされたが、この小銃には、弾薬を装填する薬室《やくしつ》の上部表面に、菊の紋章が線彫りで刻印されていた。

軍事教練の教師は「三八式歩兵銃に菊の御紋章が付いているのは、天皇陛下からおあずかりした大切な小銃だからである」と、天皇の権威と小銃の大切さを中学生の少年に、きびしく教えた。

これが軍隊になると、小銃の「御紋章」に対する扱いは正気の沙汰ではなかった。陸軍の指導部は、「御紋章」を大切に扱えという厳重な命令を出していた。そして、旧日本軍は、暴力手段（軍隊用語では私的制裁という）を使って、命令を実行させる暴力組織だったので、菊の紋章を大切に扱えという命令も、私的制裁の暴力によって厳守されていた。

たとえば、小銃の手入れが悪くて、菊の紋章に少しでも汚れが残っていたり、疵《きず》でも付いていようものなら、それは、凶暴な私的制裁の口実にされるのであった。

それほど大切に扱え、疵をつけるな、と陸軍の指導部が厳命し、そのために多くの新兵が泣かされてきた「御紋章」である。それをなんの説明もなしに一変して、「疵をつけて削れ」と、命令する。——もともとはじめから、菊の紋章といい、天皇の紋章といい、大切でもなんでもなかったのだ。しかし、今の今まで御紋章は絶対に疵をつけてはならない、と厳命しつづけてきたことをけろりと忘れている陸軍指導者の無思想、無節操には腹が立った。

兵站基地の下士官は、菊の紋章を削れという命令の理由として、天皇と軍隊との結びつきが強くなかったことにするため、と説明した。

しかし、そんな小手先のごまかしで、天皇と軍隊との密接不可分の関係を隠せるわけがない。天皇は陸海軍の大元帥（総司令官）だし、軍人に対する天皇の絶対意志として最高の拘束力をもっていた「軍人勅諭」の書き出しは、「我が国の軍隊は世々天皇の統率し給うところにぞある」ではないか。

もし、兵団命令の理由が本当に下士官の説明するとおりだとすれば、兵団司令部の馬鹿さ加減は、いよいよもってあきれるほかなかった。

下士官は、タガネと金づちを持ってきて

「これで削れ」

と言って、あごをしゃくった。

しかし、鋼鉄の表面に線彫りで刻印されている紋章を削り取るためには、ヤスリが必需品である。タガネと金づちでは、線彫りの図形に疵をつけて紋章の模様を変形することはできても、削り取ることはできないし、第一、おそろしく能率が悪い。

そんな役に立たない道具を渡すということは、受付の下士官にとって、「御紋章を削り取れ」という、上からの命令を下に伝達しさえすれば、紋章が実際に削り取れるかどうかは、どうでもいいのである。

旧日本軍においては、上官の命令は絶対であり、問答無用であった。だが、その命令の実行に当たっては、一応の形式さえ整っていれば、内容や結果はほとんど問題ではなかったのである。この下士官も、兵団司令部の命令を実行する一応の形式を整えれば済むのであった。

検収事務所から百メートルぐらい離れた広場に、各部隊から回収された小銃がうず高く野積みされていたが、そこには番兵は一人もいなかった。囲いの柵もないので、誰かが小銃を盗んでいっても、なにもわからないだろうと思われる野放し状態であった。

わたしは、適当な場所で積み荷の小銃を下ろして、トラックは部隊に帰すことにした。トラックに乗ってきたのは、運転手の上等兵とわたしの二人だけなので、あとに残るのは、わたし一人である。

あわてても仕方がないので、だらだら一丁ずつ小銃を取り出しては、菊の紋章にタガネを当てて金づちで殴って、適当に時間をつぶしていた。

そのうち、一時間ぐらいしただろうか夕方近くになって、さきほどとは別の下士官がやってきて、小銃の方には眼もくれず、何も言わずにタガネと金づちを引き取っていった。

日が暮れるまでは、まだ時間がある。兵站基地から二、三キロ海岸のほうへ下ったところには、六月下旬に部隊が大口《おおぐち》から移動してきた途中で宿営した住宅地があるので、そこに行ってみることにした。

田舎《いなか》の道路は単純（鹿児島だけか？）だから、すぐわかる。顔見知りをたずねて近況を聞くと、米軍が進駐してきたら、婦女子は山へ逃げることにしているとのことであった。

日が暮れてから、日中トラックで通って来た山あいの夜道を、十キロぐらい徒歩で戻って、わたしが連隊本部にたどり着いたのは、夏の日がとっぷり暮れた深夜であった。当時の日本軍は、暗やみの夜道をあるく夜行軍《やこうぐん》には慣れていた。

八月下旬ごろになると、とつぜんの終戦による混乱も次第に鎮静化し、日本軍が中国兵の捕虜を皆殺しにしたように、アメリカ軍も日本の軍人を殺すだろう、という不安もうすらいでいった。

アメリカ軍は日本軍と違うということが、だんだんわかってきたのである。

そのような混乱や不安が鎮静化するにつれて、今まで極度に緊張していた精神が急激にゆるんで気の抜けた虚脱状態の者が、部隊内に多く見かけられるようになった。

だが、戦争が終わった昭和二十年（一九四五）に、二十歳ぐらいから二十五歳ぐらいだった、戦中派といわれる世代の虚脱状態の原因は、気のゆるみだけではなかった。

戦争が終わり、死なずにすむ世の中になっても、今度は新たに降ってわいた第二の人生に、どのように対処してよいか、かいもく見当がつかなかったのである。

戦中派世代がこの世に生をうけたのは、だいたい一九二〇年（大正九年）から一九二五年（大正十四年）ぐらいであり、いわゆる大正デモクラシー（人間尊重の自由主義思想）の時代であった。ところが、大正十五年をもって、「昭和」と元号を変えて十年そこそこの昭和十年代の日本は、国内では天皇を現人神とする国体《こくたい》思想（神国史観）を国民に強制し、国外では八紘一宇《はっこういちう》（世界制覇観）のスローガンをかかげて隣国を侵略する、天皇制軍国主義国家へと急変貌していった。

すなわち、昭和十二年に文部省が国体思想に関する国定《こくてい》教科書の『国体の本義』を刊行して、「天皇は神である」と宣言すると、同じ年の一ヵ月後には、陸軍が中国領土において日中戦争を開始し、昭和十六年には、天皇が米国と英国に宣戦を布告して、「八紘一宇」の世界制覇観の必然の帰結であるところの世界を相手とする日米戦争に突入したのであった。

戦中派世代は、大正自由主義思想の時代に生まれ、昭和ヒトケタの自由主義思想残光期に物ごころが付いたあとで、昭和十年代に神国史観を教育注入されて、戦争に駆り出された世代であった。

戦争はずっとつづいていたが、戦中派世代が駆りだされたころの戦争は、圧倒的に優勢なアメリカ軍の怒涛の攻勢を防ぐために玉砕する、絶望的な戦争であった。

こうして、戦争からの生還を期待することができない戦中派世代のあいだでは、「人生二十五年」という言葉が言われるようになった。自分たちの人生は二十五年が限度である、と確信せざるをえなかったのである。

わたしも、自分の生きているうちに戦争が終わることはない、と思いこんでいたので、戦争のない未来や、二十五歳からさきの人生設計を考えたことがなかった。

ところが、神国史観の世界制覇思想に支配された昭和十年代の十年前は、人間尊重の大正自由主義思想の時代であり、これら二つの時代のあいだには、自由主義思想残光期の昭和ヒトケタの年代があった。そのような時代に、自由と合理性にもとづく自由主義思想の学校教育をうけた世代は、「戦前派」と呼ばれる。

また、この戦前派は、学校から軍隊に直行した戦中派とちがって、学校卒業後に社会人の経験もあるので、軍隊以外の社会人の生活も知っていたし、いちおうの人生設計ももっていた。

それは、日本人の平均寿命が四十歳台の時代のことだから、今のような「人生八十年」ではなく、「人生五十年」に対する人生設計だが、「人生二十五年」から先は考えていない戦中派との差は大きかった。

こうした戦前派と戦中派の違いを、思い知らされる出来事があった。

その戦前派とは、部隊内の序列がナンバーツウの陸軍少佐で、年齢は三十五歳ぐらいだから、完全な戦前派であった。この少佐は、温厚な人柄の部隊長とは対照的に、旧日本軍の将校によくあるタイプの、権柄《けんぺい》づくの高飛車な態度がめだった。

たとえば、少佐がわたしに何か命令するときなど、二十メートルもある遠方から、

「鈴木軍曹！・早《はよ》うこんか！」

と、大声で呼びつけることも、しばしばであった。

その少佐が、終戦後一週間ぐらいして、連隊本部のまえで出会ったときは、別人のようになって、

「やあ！・鈴木さーん！」

と、なれなれしい声で呼びかけてきた。

その変わり身の早さに、びっくりするより薄気味わるく感じていると、そんなことはお構いなしに、悠ゆうと近寄ってきた少佐は、

「地方（軍隊以外の一般社会を指す軍隊用語）に出たら、よろしく頼むぞ」

と、ニコニコしながら言った。

わたしは返答に窮して、眼を白黒させたが、少佐は自信たっぷりの表情であった。

情勢の急変にいち早く順応した戦前派の少佐が、かつて軍隊に入隊する以前に計画したことがある、「人生五十年」に対する人生設計の再構築に、着手したに相違なかった。

これからさきの人生設計がぜんぜん白紙のわたしには、うらやましいかぎりであった。

九月になると、部隊は山から下りて、小学校などの公共施設に宿営するようになった。そのころは、戦争が終わったばかりなので、学校の授業はまだ再開されていなかった。

山を下りてから最大の苦痛は、一日中何もすることがなく、外出も禁止されているので、退屈で仕様がないことであった。退屈しのぎに、学校に配達されてくる新聞を隅から隅まで読んだが、当時の新聞は、一枚の新聞用紙に表と裏の二ページの紙面なので、すぐに読みつくしてしまう。それ

を二回、三回と読み返しても、まだ時間がたっぷりある、長い長い一日であった。

九月十七日には、猛烈な台風が突然薩摩半島に上陸した。当時は天気予報が再開されたばかり（戦時中は全面禁止）で、ほとんど無いにひとしい状態なので、台風もとつぜん襲来した。

それは今までに経験したことのない猛台風であり、学校の教室の窓ごしに見える田んぼは一面の沼となり、取り入れまえの稲の穂は、すべて薙ぎ倒されていた。

しかし、あらゆる情報が不足していた当時のことだから、それから十日後に阿蘇兵団が解散して、わたしが東京に帰れるようになったときに、その帰還の行く手に、この台風が先まわりして立ちはだかっていようとは知るよしもなかった。

九月下旬、部隊は鹿児島県の西岸を約八十キロ北上し、出水町《いずみ》（現在の出水市）に到着した。熊本県との県境に在る鹿児島県北端の出水町は、三ヶ月前に阿蘇兵団が編成完了して、最初に集結した大口町《おおぐち》の西隣の町であった。ただし、この二つの町の相違点は、大口町には鉄道の便がないが、出水町には国鉄（ＪＲ）の鹿児島本線が通っていることである。

阿蘇兵団は、この出水町で復員《ふくいん》することになった。

「復員」という用語の意味は、戦時体制に「動員」された軍隊が平時体制の軍隊に復することであり、降伏して武装解除された軍隊が解散して消滅する場合に使用するのは、日本を占領した占領軍を「進駐軍」と呼んだのと同様のごまかしである。しかし、このすり替え言葉は、政府だけでなく、民間のメディアによっても平気で使用されたため、すっかり定着してしまった。

と、いうわけで、軍隊が消滅したためもはや軍人ではない元軍人が、終戦後しばらくは、「復員兵」と呼ばれていた。

昭和二十年九月二十七日、阿蘇兵団は復員し、その復員兵はいっせいに各自の家に帰還することになった。

わたしが所属した阿蘇三二四〇六部隊は、南九州地区から徴兵編成された大隊と、北陸地区から徴兵編成された大隊との二個大隊の編成だったので、南九州地区の復員兵はほとんど問題ないが、北陸地区の復員兵が大変だった。

北陸に帰るには、鹿児島本線から山陽線、東海道線、北陸本線と乗り継げばいいわけだが、なにしろ半年間にわたって猛威をふるった米軍の空襲のため、各地の鉄道が大打撃をうけているうえ、九州南部には阿蘇兵団のほかにも多くの兵団が配備されていて、それらがだいたい同じ時期に、いっせいに復員するのだから、大混雑が予想されたのである。

わたしの場合は、一年九ヶ月前の入営時のコースを逆戻りすればよかった。ただし、入営時には自分で払った運賃が、復員のときは無料になったかわりに、どのくらいの時間で東京にたどりつけるかは、見当もつかなかった。

出水駅に入ってきた復員兵専用の下関行き臨時列車は、貨物列車だった。ただし、連結されている車両は有蓋《ゆうがい》貨車だった。大勢の復員兵をいっせいに帰還させるためには、屋根のない無蓋貨車も使用されたのだから、屋根のある有蓋貨車はいいほうである。

誰もがみんな早く帰りたいので、とにかく眼の前に来た大きな黒い鉄の箱に乗り込んだ。暗くてがらんどうの車内には、縄くずが散乱してほこりっぽい。ぎゅうぎゅう詰めで板張りの床にあぐらをかいて坐ったが、背もたれがないので、不安定な姿勢が苦しい。やがて、貨車が動き出すと、線路の継ぎ目を通過するときの振動がクッションなしで、もろにからだにひびいて、これからさきの難儀が思いやられた。

熊本駅ぐらいまでは、意外に順調だった貨物列車の速度が、大牟田《おおむた》駅を過ぎたころから、やたらにおそくなり、やっとのことで関門トンネルを渡って、終点の下関駅に着いたときは、すでに日はとっぷりと暮れ、もう下関発の上り列車はおしまいになっていた。仕方がないので、駅の待合室で一夜を明かすことにする。

ところが、待合室に居た人びとの話を聞くと、広島県を中心に西日本一帯を荒らした台風の風水害によって、山陽線の鉄道は各地で寸断されている、というのである。

さらに驚いたことに、この台風こそは、十日前に、わたしが鹿児島県の薩摩半島に居たとき遭遇した台風そのものだった。台風は九州を斜めに横断したのち、瀬戸内海から広島県に再上陸していたのである。

薩摩半島の枕崎《まくらざき》に上陸したため、後になって「枕崎台風」と命名されたこの台風は、日本の台風史上において、世界一といわれる「室戸《むろと》台風」に次ぐ二番目の「顕著台風」としていまだに記録（五十年後の一九九五年度の理科年表）に残る猛台風で、広島県を中心に死者、行方不明三七五六人の大被害を与えたのであった。

さて、翌朝早くみんなが待合室からプラットホームに移動しはじめたので、わたしはそのあとに付いて行った。やがて、一番列車？がホームに入ってきた。今度は貨物列車ではない。だが、この旅客列車の客車のすべての窓は、窓ガラスがなかった。客車の窓から乗り降りする交通事情の殺人的な混雑のためであろう。

始発駅のためか早朝のためか、運よく座席に坐ることができた。座席の布地は破れているけれど、貨車の床板に坐るのとくらべれば、雲泥の差である。列車がどこ行きかは、確かめなかった。とにかく、山陽線を東に向かって行けるところまで行くつもりだった。この付近の地理に不案内なわたしは、みんなのあとに付いて行くよりほかに方法がなかった。

列車は走ったり停まったりを繰り返していたが、小郡《おごおり》という駅では長い時間停車した。山陽線と日本海方面に向かう山口線との分岐駅である。朝の九時か十時ごろだった。ホームの案内板を眺めてぼんやりしていると、駅弁売りが何人か勢よくホームに現れた。駅弁売りのすがたを見るのはほぼ二年ぶりなので、懐かしさを覚える。

食糧難の時代だから、客車の窓からは注文が殺到したが、それを手際よくさばく売り子たちの、「死」を意識していない生き生きしたすがたを見ているうちに、戦争が終わって一ヵ月以上たったこのときはじめて、戦争のない自由で平和な新時代の到来を、こころから実感した。

売り子の一人が近づいてきたので、一つ買った。ふかしいもの駅弁だった。ふかした大きなさつまいもを斜めに切って二つ割りにし、古新聞紙に包んだだけの弁当で、ほかに何もついていない。塩も振っていない。それでも、このふかしいもの弁当は飛ぶように売れ、たちまちのうちに売り切れてしまった。

山陽線の不通区間の復旧工事は、手まどっていた。尾道《おのみち》から東は復旧したが、尾道の手前で、河川の鉄橋が数箇所流失したため、その復旧工事が一ヵ月以上かかる見込みとのことで、とても鉄道を頼りにできる状況ではなかった。

と、すれば、瀬戸内海を船で行くよりほかに方法はない。さいわい、徳山《とくやま》のさきの柳井《やない》という所から尾道に行く船が出る、という話が聞こえてきたので、思い切って、柳井港《やないこう》という駅で下車することにした。

夕方、やっと列車は柳井港に着いた。

尾道行きの船は、漁船の転用と思われる粗末な船であった。長い時間待たされて、定員オーバーが心配になるほど乗客が乗ってから、船は出航した。夜の十時ごろであった。

黒ぐろした海は、おだやかに思えた。

しかし、実際には、当時の瀬戸内海は、多数の機雷が敷設されたまま放置されている危険な海だったのである。関西汽船の別府航路運航の室戸丸《むろとまる》が触雷沈没して、四七五名が行方不明になったのは、それから十日後の十月七日のことである。

甲板《かんぱん》で一夜を過した翌朝は、澄み切った青空の秋晴れであった。早朝の柔らかな陽射《ひざ》しが優しく降りそそぐ。船は、空色《そらいろ》に草色《くさいろ》が溶けこんだ水色《みずいろ》の静かな水面《すいめん》に、白い航跡を残して走り、深緑《しんりょく》におおわれた大小の島じまが、次から次へ眼の前に現れては、遠ざかっていった。

午前十時ごろ、船は尾道に入港した。

尾道の市街は、粗末な桟橋《さんばし》の船着き場からすぐに、古い面影が残るくすんだ家並みの屋根が寄せ合う狭い路地につづく、古びた港町であった。

尾道以東の山陽線は、確かに復旧していたが、列車の運行は、依然として混乱し、尾道駅の内外は、右往左往する大勢の復員軍人で、ごった返していた。

昼すぎにやっと大阪行き?の列車の客室外の荷物室らしいせまい部屋に潜りこんだが、部屋のなかは、人間と人間のあいだに立ったら、あとは身動きひとつできないぎゅうぎゅう詰めである。大阪駅に着いたのは、夜になってからであった。

大阪駅で東京行きの急行列車?に乗り換えた。これもやはり混んでいて客室のなかには入れないので、乗降口のデッキのところに荷物を置いて、その上に腰をおろした。ときどき眠りに落ちるが、からだがぐにゃぐにゃして、ころげそうになる。

疲れきって動作がにぶかった。無理もない。鹿児島を出発して最初の晩は駅の待合室、二日目の晩は夜の海を航行する漁船の甲板、そして、三日目の晩が、夜行列車の客室外のデッキである。

このときの東京は、本当に遠かった。

やっとの思いで東京駅にたどりついたのは、四日目の朝の九時ごろであった。東京駅は、不思議なことに、混んでいなかった。とにかく、わたしは生きて戻って来たのだった。

杉並《すぎなみ》の阿佐ヶ谷《あさがや》駅に行く中央線電車のプラットホームは、一番丸の内方面に位置する一番線ホームである。地下通路から階段を上がってホームに出ると、米軍機の銃爆撃のあとであろう、スレートの屋根は所どころに大きな穴があいて、そこから青空と白い雲がのぞいていた。一番線の線路の外側を覆う外壁も破れていて、ホームから丸の内方面が見えるが、そこに見えるのは、輪郭しか残っていないビルディングが並ぶ、荒涼とした廃墟であった。

東京駅が、このありさまである。杉並の我が家も無事に残っているかどうか不安になる。五月に熊本で両親と別れて以来、両親からの便りもとだえていたし、九月になって鹿児島に居たときに、地方新聞を一週間ぐらい読んだが、東京の情況は何も書いてなかった。

ホームに入って来た電車には、ガラスの代わりにベニヤ板を打ちつけてある窓が、あちこちに散見された。

東京駅を発車した電車の明けはなした窓から見る光景は、神田、お茶の水、四谷《よつや》、新宿と、どこまで行っても、見渡す限り、焼けビルの残骸が点在する焼け野原である。

こうして、中央線沿線の焼け野原は、阿佐ヶ谷駅の一つ手前の高円寺《こうえんじ》駅までつづいたが、そのさきは、焼け残っているようすであった。

杉並のわが家は、かろうじて焼け残っていた。小学校三年生の時以来、父親の転勤のため、各地の官舎や借家を転てんとして、約十数年ぶりに、自宅に帰って来たのである。

昭和二十（一九四五）年九月三十日であった。

昭和天皇の「人間宣言」

東京の自宅に生還した当日に見た新聞（九月二十九日付）の一面トップには、「ええー？」とびっくりする写真が、大きく載っていた。

それは、天皇と連合軍最高司令官のマッカーサー元帥が、肩を並べて立っている写真だった。「天皇陛下、マッカーサー元帥御訪問、二十七日アメリカ大使館にて謹写」という写真説明のほかには、なんの記事もなかったが、長身のマッカーサー元帥が、開襟シャツの軍服にノーネクタイのラフな服装で、両手を腰の後ろにあてがった、くつろいだポーズで立っている横に、モーニングの礼服を着て、硬い表情の天皇が、直立した姿勢で立っている写真であった。

天皇が東京・赤坂のアメリカ大使館に、マッカーサー元帥を訪問した九月二十七日に撮影した記念写真だったが、新聞各紙に載った、この一枚の写真により公開された天皇の実像が、国民に与えた衝撃は大きかった。いままで、現人神として神秘のヴェールにおおわれていた天皇イメージとの落差が、大きすぎたのである。

政府は、この写真は不敬であるとして、新聞各紙の発売を禁止したが、ＧＨＱ（連合軍最高司令部）は、ただちにこの禁止命令を解除した。

「不敬」とは、皇室・社寺に対して敬意を欠いた言動をすること（岩波国語辞典・第五版）であるが、当時の日本には、不敬罪という特別の罪が刑法に存在（終戦から二年後の昭和二十二年にやっと削除された）し、それによると、不敬とは皇室の尊厳を害するいっさいの行為を包含し、その方法、程度、あるいは、言語によると文書によるとを問わず、またその表示が、公然とおこなわれることを要件とせず、したがって、個人の日記に記載することも不敬罪を構成するとされた。まさに、大日本帝国憲法第三条「天皇ハ神聖ニシテ侵スベカラズ」を文字どおり実行するための立法であった。とくに、文部省が「天皇は現御神《あきつみかみ》である」と宣言した昭和十年代には、検事局による不敬罪の処理件数は激増したと言われ、神格化された天皇は、不敬罪への恐怖による畏敬的な秘密におおいかくされるようになった。

そんな天皇が、昭和二十年八月十五日に、とつぜん人間の声で話しはじめた。わたしにとっては、天皇＝現御神の虚構を白日のもとに粉砕した歴史的な第一声だったが、そのとき、わたしの周囲に居た人びとのようすは、敗戦のショックが大きすぎたためか、現人神が人間の声で話したことについては、外見から見るかぎり無反応であった。しかし、マッカーサー元帥の横にかしこまって立っている天皇の写真には、国民はみんな、さすがにびっくりしていた。

それからしばらくして、わたしが中学四年のときにカトリックの洗礼を受けた、大阪・北野教会のブスケ神父が、殉教していたことが伝えられた。昭和十八年のことというから、わたしが大阪から東京に転居して二年後、軍隊に入隊した年のことである。

ブスケ神父は、求道者を装って近づいてきた憲兵のスパイによって憲兵隊に連行され、そこで拷問をうけて、殉教したのであった。この憲兵は、背広を着た普通の会社員の青年になりすまし、熱心に教会に通って、ブスケ神父から『公教要理』を教わるまでになっていた。

『公教要理』とは、カトリックの信仰、天地万物の創造、神の十戒などのカトリックの教義を要約して、求道者にわかりやすく説明した教理問答書であるが、昭和十年代の日本では、これらの教義は天皇が神であることを否定しているとして、文部省から変更を迫られ、カトリック教会は苦心さんたんしていた。

たとえば、「神《かみ》」という基本的な言葉も、「現御神《あきつみかみ》・天皇」と混同するとして、「天主《てんしゅ》」と改めさせられていて、わたしが昭和十四年にブスケ神父から教わった公教要理の十戒の第一戒は、「われはなんじの主なる天主なり。われのほか何者をも天主となすべからず」であった。ブスケ神父が、公教要理のなかでいちばん熱心に教えた箇所が、この第一戒だったので、記憶しているのである。

なお現在の『カトリック要理』においては、「われはなんじの主なる神なり、われのほか何者をも神となすべからず」に戻っている。

昭和十二年に、文部省が『国体《こくたい》の本義』を刊行して、そのなかで「天皇は現御神である」と宣言し、昭和十五年（日米開戦の前年）に、国家神道《こっかしんとう》（伊勢神宮、明治神宮、靖国神社を中心とする、天皇を神といただく神社）以外の宗教を、文部省の監督下において直接に統制する「宗教団体法」が施行されてからの日本は、文部省はカトリック教会のあらゆる教義に干渉し、特高警察や思想憲兵は、天皇が神であることと矛盾する公教要理の教義（とくに十戒の第一戒）は、刑法の不敬罪に該当するとして、教会の神父や信者の言動に対する監視・弾圧を強化していった。

こうして、ブスケ神父が殉教した昭和十八年前後はキリスト教の宗教活動は休止状態で、教会はひっそりとして訪れる人もなかった。

そんなときに、大阪・北野教会に日曜ごとに訪れ、ブスケ神父について公教要理を勉強するまでになった会社員ふうの青年が現れた。奇特な求道者であった。ところが、何ヵ月かした二月の早朝、北野教会の司祭館の玄関のベルが鳴った。

教会のブスケ神父は、玄関の扉をあけて、ぎょっとして立ちすくんだ。そこには、しばらく前から熱心に教会を訪れ、最近は公教要理の勉強をつづけていた求道者の青年が、軍人の階級章をつけ、軍刀をさげた軍服すがたで立っているではないか。

「どうしたんです?」

神父は、いぶかしげに訊いた。

「きょうは、憲兵としておうかがいしました」

正体を現した憲兵は、硬い表情で切り出した。

「わたしは、憲兵として質問したい。公教要理の十戒の第一戒は真実ですね? 天主のほか何者も天主となすべからず、というのは?」

憲兵は、一語一語かみしめるように言った。

神父は、教会を取りまく最近の険悪な情勢を感じていたが、このまじめそうな青年が憲兵のスパイだったとは知らなかった。それに、文部省の意向にそって変更した『公教要理』には、もう問題がないはずであった。

「わたしは、誰に対してもおなじです。公教要理が、まちがっているはずがないからです」

神父は、困惑の表情を隠さずに言った。

「神父さん。はぐらかさないでください。公教要理の十戒の第一戒を真実として、神父さん、あなたは教えていますね。わたしに教えたように」

憲兵は、もどかしそうに言った。

信仰に一生を捧げているブスケ神父には、答えは一つしかなかった。

「公教要理の十戒の第一戒は、動かすことのできない真理です」

神父は、毅然として言った。

「軍機保護法により連行する！」

憲兵は冷然と宣告した。連行の表向きの名目は、軍機保護法のスパイ容疑であった。「敗戦思想宣伝の謀略活動」の嫌疑であった、という。

こうして、六十七歳の老神父は、大阪憲兵隊の底冷えする留置場にほうりこまれることになった。厳寒の二月のことである。

当時の特高警察や憲兵の尋問は、拷問であった。スパイの憲兵は、すがたを消し、尋問と拷問は別の憲兵が担当した。

「天主のほか、何者をも天主となすべからず、か？ 天皇陛下も、なすべからずなんだな？ 天皇陛下は、神ではないと言うのだな」

こういった、当時の特高警察や憲兵が常用した誘導尋問のあとは、「天皇陛下は神です」と老神父に言わせようとして、拷問係の憲兵が殴ったり蹴ったりを繰り返した。

ブスケ神父の信仰は、最後まで拷問に屈しなかったが、老齢の体力には、限界があった。

憲兵隊に連行されてから一ヵ月たらずの昭和十八年三月十日、二十三歳のとき祖国フランスを去って来日し、四十三年の長きにわたって、日本人のために自分のことはすべてを捨てて献身的に尽力したパリ外国宣教会の宣教師、シルヴェン・ブスケ神父は殉教した。

ブスケ神父の年来の希望は、パリ外国宣教会が、明治・大正・昭和初期の日本社会で目ざましい活動をしてきた、結核療養やハンセン病患者救済の社会福祉事業に従事することであった、という。当時の日本のハンセン病患者は、社会から排除され、家族からも捨てられて、救いの手を差し伸べる人も居ない悲惨な境遇にあったのである。

いつの時代にも、どこの国にも、宗教迫害はある。しかし、昭和十年代の日本でおこなわれた宗教迫害は、自分が信ずる何かを他人にも強要する通常の宗教迫害とは異なり、自分でも本当は信じていない天皇＝神を他人に強要し、はては拷問するという、人間の良心も論理も無いでたらめさが特徴であった。

宗教団体法が廃止された三日後の昭和二十一年元旦の新聞には、一面トップに長文の詔書が載っていた。あい変わらず、難しい言葉を書きつらねているので、ほとんどの国民は、それを読まなかった、と思う。しかし、「自分は神ではない」と天皇が言ったということは、すぐに全国民に伝わった。いわゆる「天皇の人間宣言」である。

詔書の「朕《チン》ト爾等《ナンジラ》国民トノ間ノ紐帯《チュウタイ》ハ、終始相互ノ信頼ト敬愛トニ依リテ結バレ、単ナル神話ト伝説トニ依リテ生ゼルモノニ非ズ。天皇ヲ以テ現御神《アキツミカミ》トシ、且《カツ》日本国民ヲ以テ他ノ民族ニ優越セル民族ニシテ、延《ヒイ》テ世界ヲ支配スベキ運命ヲ有スルトノ架空ナル観念ニ基クモノニ非ズ」の箇所は、まさに天皇の神格と「八紘一宇」の世界制覇観を否定するものであった。神国史観の否定である。

天皇自身が「人間宣言」をして、神から人間になったのだから、これは大変な価値観の転換であり、外国ならば、革命がおこり、国家の組織が根本的に変わるところであった。

だが、当時の日本では、グニャグニャなのれんに腕押しの無気力さだった。

つい先ごろまで、天皇＝現御神（現人神）を声高にさけんでいた戦争指導者や文部官僚などは、音もなくすがたを消し、あとには、白《しら》けた表情の一般国民が取り残されていた。

——そんなことは、言われなくても知っていました。

——天皇が神だとは、はじめから思っていなかった。

——なぁんだ。みんなも本当は、天皇を神と思っていなかったのか。

——天皇が神というのは、表向《おもてむ》きの問題と思って、みんなに付いてきただけだ。

と、いったところが、天皇の「人間宣言」に対する、当時の国民の醒めた反応であり、誰も別に驚いたようすもなかった。

要するに、当時の国民は、日本社会のアイデンティティなき同調体質と、現人神の否定を刑法で罰する不敬罪への恐怖（不敬罪が刑法から削除されたのは、人間宣言からさらに一年後の昭和二十二年）のため、天皇を神とする「神国史観」に、表向き同調していたのであった。

いまの世の中、不敬罪は存在しない。しかし、日本国民の政治に対する思考停止の同調体質は、昭和十年代とほとんど変わっていない。

したがって、昭和十年代のような天皇神格化の運動が起これば、いまの世の中がふたたび、「日本の国は、天皇を中心とした神の国」という神国史観に支配される可能性は充分にある。

昭和十年代の天皇神格化、国体明徴の神国史観は、あの無謀な戦争の原動力となった特異なイデオロギーとしてきちんと総括して、清算されなければならなかったし、昭和天皇の「神格否定」「神国史観否定」の詔書、いわゆる「人間宣言」が発表されたときが、その好機であった。

ところが、当時の国民は、「そんなこと言われなくても知っていました」のそっけなさで、あれだけ痛い目にあった「現人神」「神国史観」の特異な政治思想について、何らの検討も解明も清算もせずに、あっさりと水に流してしまった。

問題はそこにあったのであろう。清算されなかった歴史が繰り返されようとしている。

平成十二（二〇〇〇）年、政権党の自民党は、戦後教育の基本法規である教育基本法の改訂に向けた論議を本格化させているが、「日本国の悠久の歴史と伝統文化の重視」が、主な検討テーマである（平成十二年十二月一日、毎日新聞）という。まさに、これは六十年前の昭和十二（一九三七）年に文部省が、中学校、高等女学校の修身、公民、歴史など主要教科の教授内容を根本的に改訂したときと、そっくり同じテーマである。

同年（平成十二）、自民党総裁の森首相は、衆議院の総選挙を目前に控えて、「日本の国は、天皇を中心にしている神の国」と発言し、ひきつづきその後の選挙運動では、「日本の国体をどう守ることができるのか」と演説した。まさに、これら一連の発言は、六十年前の昭和十二年に文部省が発行した『国体の本義』の要旨の、「日本の国は現御神・天皇を中心にしている神の国」という神国史観の歴史認識そのものである。

さらに森首相は、「神の国」発言についての釈明記者会見で、「わたしだって天皇が神などとは思っていませんよ」と弁解した。

しかし、神国史観が日本の国を完全に支配していた昭和十年代の国民だって本当は天皇を神とは思っていなかったことは、昭和二十一年に昭和天皇が「神格否定」の「人間宣言」を発表したときの、国民の白けた反応によって証明ずみである。

天皇が神ではないことは、いまもむかしも、自明の理である。問題は、天皇を神に仕立てて利用しようとする政治家がいることである。森首相は、「(日本は天皇中心の神の国であることを)国民の皆さんにしっかり承知していただく」とさえ言っている。昭和十年代の政治家と同じように、自己の権力を強化するため天皇を利用しようとする発想である。

わたしが、森首相の「神の国」「国体」発言の危険性を強調する理由は、この発言が単なる一人の軽はずみな政治家の軽率な失言として軽く見られているからである。

だが、現在の事態は、そんなのんきなことではないであろう。まさに、森首相(自民党総裁)の発言は、昭和十年代の政治家の歴史認識や国家観を、断絶も清算もなく、ほとんどそのまま引き継いでいる自民党の政治体質に根差しているのである。

政権党の自民党は、現在、戦後教育に関する基本法規である教育基本法の見直しに向けて動いているが、問題なのは、「日本の悠久の歴史」の重視が、そのおもな検討テーマとして取りあげられていることである。昭和十年代の痛恨の歴史が、検討も反省も清算もされないまま忘れ去られているから、こういうことになる。

日米戦争前年の昭和十五年、「西洋の歴史は一九四〇年だが、日本は、神武天皇が即位してから今年で二千六百年もたっている（じつはウソだった）から、日本の歴史は西洋より六六〇年も古くて、伝統がある」という政府の扇動に乗って、国をあげて皇紀《こうき》（天皇の紀元）二千六百年の悠久の歴史を祝って大さわぎをして、日中戦争延長線上の日米戦争に突入した結果が、戦争の犠牲になった同胞は約三百万、中国ほかアジア諸国の犠牲者はその数倍に及ぶという大惨禍であった。

そんな虚飾の歴史より、二十一世紀の新世紀を迎えるにあたっての緊急のテーマは、二十世紀の真実の歴史の検討と総括ではなかろうか。とくに二十世紀前半において日本が引き起こした満州事変、日中戦争、日米戦争の歴史が、いまだに総括されていない。

いま教育基本法の見直しが必要だとすれば、そのおもな検討テーマは、現在から遊離している「日本の悠久の歴史の重視」よりも、現在に直結している「二十世紀の日本歴史の直視、とくに昭和十年代の日本を金縛りにした神国史観の検討、清算」である、と思う。

著者略歴

鈴木正和（すずき　まさかず）

１９２２年、神戸市生まれ

１９４３年、「学徒出陣」により軍隊に入隊

１９８３年、貿易会社などを経て、コンクリート製品会社を定年退職する

昭和十年代を繰り返すのか

平成１３年８月１日　　初版発行

著者

鈴木正和

発行・発売

株式会社創英社／三省堂書店

東京都千代田区神田神保町１－１

Tel03-3291-2295　〒101-0051

印刷所

株式会社　三友社

ISBN4-88142-476-9 C0095

定価はカバーに表示してあります

乱丁、落丁はお取り替えいたします